Ⅲ. 7.-

Birgit Vanderbeke
Geld oder Leben

S. FISCHER

© S. Fischer Verlag GmbH, Frankfurt am Main 2003
Alle Rechte liegen beim S. Fischer Verlag GmbH, Frankfurt am Main
Druck und Bindung: Clausen & Bosse, Leck
Printed in Germany 2003
ISBN 3-10-087021-2

für Bernd
zum 25. 3. 2003

Es ist damit nicht anders als mit der Demokratie oder der großen Liebe oder der heilen Familie oder dem Weltfrieden. Früher gehörte der liebe Gott noch dazu, und es ist immer dasselbe Prinzip: Entweder man glaubt es, oder man glaubt es nicht. Wenn alle daran glauben, heißt es, es funktioniert.

Natürlich funktioniert es dann längst noch nicht unbedingt, aber das ist nicht so furchtbar wichtig. Wenn nur alle dran glauben, wird es schon funktionieren, und die, bei denen es nicht funktioniert, haben eben nicht stark genug dran geglaubt.

Das mit dem lieben Gott hatte sich weitgehend erledigt, als ich geboren wurde, jedenfalls mit dem lieben Gott, an den sie früher einmal geglaubt hatten, wo ich geboren wurde, es gibt ja noch andere in anderen Regionen.

Ich zum Beispiel glaubte als erstes an Schokolade. Manchmal kam eine alte Frau, die eine Hexe gewesen sein könnte, so alt, wie sie war; sie brachte mir Schokoladenriegel und sagte, daß ihre Hühner an meinem Geburtstag sieben Eier gelegt hätten, weil mein Geburtstag auf einen Siebenten fiel, aber das war egal, weil ich noch lange nicht zählen konnte. Ihre Hühner legten immer drei Eier für Kinder, die am Dritten Geburtstag hatten, vier für die am Vierten und so weiter, bei manchen sogar zehn, und wer an einem Über-den-Zehnten Geburtstag hatte, bekam noch eine Zauberformel, nach der die Hühner ihre Eier genau so gelegt hatten, daß es für den 21. oder den 16. paßte. Daran und an die Schokoladenriegel konnte ich glauben, lange bevor ich zählen konnte. Bei uns gab es weder Hühner noch Schokoladenriegel, aber in einer besseren Hexenwelt, in die mein Leben mich führen würde, würden sowohl Hühner als auch Schokoladenriegel vorkommen, und also wäre es wie im Himmel, zu dem ich abends immer beten mußte, ohne an seine Bewohner zu glauben, einfach weil niemand an diese Bewohner glaubte, schon bestimmt nicht meine Großmutter, die mir diese Gebete beigebracht hatte und abendlich abnahm.

Meine Großmutter glaubte an Hüte und Handschuhe. Im Herbst auch an Pfifferlinge. Eigentlich war sie einfach nur tüchtig. Sie kochte und machte die Wäsche und die Wohnung sauber, sie kümmerte sich um den Garten und sperrte ungezogene Enkelkinder ins Bad, und manchmal vergaß sie sie dort, weil sie so tüchtig war und rasch noch die Birnen ernten mußte, und während sie das tat, glaubte sie an gar nichts, aber sobald sie das Haus verließ, fing sie mit dem Glauben an: sie setzte einen Hut auf, zog sich ein Paar Handschuhe an, fummelte an ihren Haaren herum und schaute in den Spiegel. Dann bekam sie ein ganz spitzes Mäulchen, manchmal schüttelte sie den Kopf, nahm einen anderen Hut und andere Handschuhe, und es konnte eine ganze Weile dauern, bis sie den richtigen Hut und die richtigen Handschuhe hatte, aber dann hatte sie einen gewaltigen Glaubensakt vollbracht. Sie glaubte nämlich jetzt, es wäre wieder vor dem Krieg, sie wäre ein junges Mädchen, ein stattlicher Mann machte ihr den Hof und würde sie zum Tanzen oder auf ein Schützenfest einladen, sie hatte das spitze Mäulchen, das dem jungen Mann sagte, was für ein keckes Ding er sich da geangelt hatte, aber so ein Mäulchen hieß auch, daß das kecke Ding sich auf nichts Gewagtes vor der Hochzeit einlassen würde, weil es nämlich mit Hut und Handschuhen eine angehende Dame war.

Wenn meine Großmutter dann das Haus verließ, um beim Fleischer an der Ecke Schlange zu stehen, ging sie nicht etwa Fleisch holen, sondern sie sagte, ich gehe aus, und sie glaubte auch, daß sie ausginge, und ich konnte sehen, wie sie glaubte, daß sie ausginge, bloß weil sie einen Hut und Handschuhe trug, während die anderen Frauen in der Metzgereischlange keine Hüte und Handschuhe trugen, sondern haargenau dieselben ausgebleichten Kittelschürzen, die meine Großmutter auch trug, solange sie nicht ausging.

An die Bewohner des Gebete-Himmels glaubte meine Großmutter nicht, schon deshalb, weil sie den ehemaligen stattlichen Mann nicht unbedingt noch mal treffen wollte, der zu ihrem Glück so früh gestorben war, daß sie noch nicht zu alt zum Ausgehen war, aber da war ich noch lange nicht auf der Welt.

Wenn ich nicht gerade ungezogen und im Bad eingesperrt war, war ich immer um meine Großmutter herum, in der Küche oder im Garten oder, wenn Herbst war, im Wald, und also konnte ich schnell begreifen, daß sie an Pilze glaubte. Sie nahm, sobald es feucht wurde, aber noch nicht kalt war, andächtig ihr altes schwarzes Fahrrad mit dem Kindersitz raus, setzte mich vor die Lenkstange, und es war immer noch dunkel, wenn wir losfuhren. Unterwegs pfiff sie, als wäre sie gar keine alte Frau, sondern ein junges Mädchen, und wenn wir heimkamen, war Zeit fürs Mittagessen. Sie verstaute die Pilze in der Speisekammer und kochte, weil gegen Mittag ihre Kinder zum Essen kamen und an verschiedene komplizierte Dinge glaubten, aber bestimmt nicht an Pfifferlinge, und meine Großmutter fürchtete sich etwas vor diesen komplizierten Dingen und ihren Kindern, aber sobald die Kinder nach dem Essen wieder zur Arbeit gingen, fing die Andacht im Hause erst richtig an mit Putzen, Schneiden, Braten, Kochen, und bevor die Kinder am Abend wieder da waren und vor den belegten Broten saßen, die meine Großmutter Abend für Abend machte, war ein weiteres Kellerregal mit weiteren Pfifferlingsgläsern gefüllt, und als meine Großmutter später gestorben war, bin ich heimlich hinuntergegangen in ihren Keller und habe ein paar von den Gläsern mitgenommen, bevor die anderen runterkamen und dort ausmisten würden, denn die Gläser waren nicht zum Ausmisten, sondern Reliquien aus vielen vergangenen Jahren, sorgfältig mit Etiketten beklebt, auf denen stand, wann sie dahin gekommen waren, das erste stammte aus dem September '47. Gurkengläser standen auch da, aber sie waren nicht heilig gewesen, sondern wurden von Zeit zu Zeit aufgemacht, genau wie die Gläser mit Wurst und die Sauerkirschen, das Pflaumenmus und das Stachelbeerkompott, weil meine Großmutter daran nicht geglaubt hatte, sondern in ihrer Tüchtigkeit fast alles in Gläser einmachte, was sie zwischen die Finger bekam.

Bloß mit den Pfifferlingen war es anders.

Mein Gott, sagte meine Tante Annemie, als sie zum Ausmisten von der Wohnung in den Keller runtergekommen waren, was mag sie sich dabei gedacht haben.

Es waren etliche hundert Pfifferlingsgläser, und mein Vater sagte, die müssen doch längst vergammelt sein. Dann erzählte er, wie er früher immer heimlich ans Pflaumenmus gegangen war. Mein Onkel Karl sagte, diese verfluchten Hungerjahre, schaut euch das an, der verdammte Krieg und die Hungerzeit, alles hier unten im Keller. Mein Onkel war noch ganz jung und schon Soldat gewesen, aber zuletzt desertiert.

Seine Frau, Tante Evchen, war nicht in den Keller mit runtergekommen, und als alle wieder oben in der halb leergeräumten Wohnung waren, sagte sie, und es klang, als wollte sie sich einerseits für die Pfifferlingsgläser persönlich entschuldigen und als wäre sie gleichzeitig immer noch böse auf ihre Schwiegermutter, Tante Evchen sagte also, aber sie hat partout keine Tiefkühltruhe gewollt. Tante Evchen hatte eine Tiefkühltruhe, und sie und Onkel Karl hätten meiner Großmutter schon vor Jahren gern eine Tiefkühltruhe geschenkt, schon damit meine Großmutter den Kindern von Tante Evchen tiefgekühlten Spinat hätte machen können, wenn sie sie damals besuchten, aber meine Großmutter machte allen Enkelkindern Spinat aus dem Garten, und wenn es keinen Spinat gab, dann eben Mohrrüben oder Bohnen, oder was es gerade gab, und Salzkartoffeln, und im Winter holte sie Sauerkraut hoch oder kochte Wirsingkohlsuppe und machte sich nichts daraus, daß ihre Kinder an die Weltraumforschung und Tiefkühlkost glaubten, seit sie alle aus dem Haus waren und eigene Familien hatten, an die sie am Anfang geglaubt hatten und allmählich mit den Jahren nicht mehr so eifrig glaubten.

Ich kann mich nicht mehr erinnern, woran ich geglaubt habe, als meine Großmutter starb. Aber ich weiß noch, daß viele Jahre vorher schon die Zeit der Schokoladenriegel und der sieben Hexenhühnereier eines Tages plötzlich zu Ende gewesen war und das richtige Leben begann, als mein Vater beschloß, an die Freiheit zu glauben, und wir wegen der Freiheit aus dem Osten weg und in den Westen zogen, in ein winzig kleines Zimmer, und meine Großmutter nie wieder sehen durften, bis sie dann später sehr alt war und wir sie noch manchmal besuchten, kurz bevor sie starb.

Die Freiheit und das winzige Zimmer brachten es also mit sich, daß es weder Schokoladenriegel noch Hühnereier gab und mein Hexenglauben zusammenkrachte. In der Zeit waren wir ständig mit meiner Mutter zusammen, und die hatte keine Hüte und keine Handschuhe, glaubte offenbar nicht an Pfifferlinge und konnte vor allem nicht kochen, weil wir keinen Garten mehr hatten und sie vorher alles gegessen hatte, was meine Großmutter kochte, aber jetzt war meine Großmutter nicht mehr da, und statt des Gartens gab es eine Lebensmittelstelle. Wenn meine Mutter dahin ging, mußte sie auch in der Schlange stehen wie meine Großmutter, wenn sie zum Metzger ausgegangen war, bloß daß sie kein Fleisch mitbrachte und hinterher immer heulte und ich bis heute nicht vergessen habe, wie es riecht, wenn verschiedene Sachen zusammen in einen Topf getan werden, der Topf wird auf den Herd gestellt und vor lauter Heulen auf dem Herd so lange vergessen, bis die Luft im Zimmer ganz qualmig wird und stinkt und man die Fenster aufreißt, weil man denkt, man muß an dem Qualm ersticken. Das Zeug von der Lebensmittelstelle jedenfalls war kein Spinat, es waren keine Mohrrüben oder Bohnen, und es wurde beim Kochen schwarz und roch anders als das, was ich kannte.

Eines Tages gab es kein Geld. Ich erinnere mich daran. Es ist so ähnlich, wie ich mich auch an die Freiheit erinnere, an die mein Vater glaubte und die uns in das winzige Zimmer gebracht hatte. Freiheit und Kein-Geld waren beide da, obwohl man sie nicht anfassen konnte. Ich erinnere mich vor allen Dingen ganz genau daran, daß es Kein-Geld gab, bevor es Geld gab. Erst viel später gab es Geld – als erstes die Maria-Theresien-Münze, die meine Freundin Lu als Anhänger an einer Halskette trug, bevor sie später eine Kennedy-Münze hatte, nachdem Kennedy tot war und es deshalb die Kennedy-Münzen gab, und dann gab es auch die gelben und silbernen Metallscheiben, die man fest in die Faust einschließen mußte und nicht verlieren durfte, weil dafür der Schulkakao verteilt wurde und die dem Busfahrer hingelegt wurden, damit er uns in die Stadt mitnahm, aber zunächst einmal gab es Geld nur als Kein-Geld, und das machte mich unruhig und mißtrauisch, weil Kein-Geld der Grund war, warum mein Vater meine Mutter anschrie und meine Mutter heulend zurückschrie, und das kleine Zimmer war nicht groß genug zum An- und heulenden Zurückschreien, und jedenfalls ging es immer hin und her, bis meinem Vater das Zimmer zu klein war. Ich brauche meine Freiheit, sagte er, und meine Mutter erwähnte Kein-Geld, und dann ging mein Vater weg. Später sagte sie, ich habe an die große Liebe geglaubt, damals, aber seitdem glaubte sie nicht mehr an die große Liebe, die es gegen die Freiheit und Kein-Geld nicht geschafft hatte, obwohl mein Vater schließlich wieder zurückkam und viele Jahre nicht mehr von der Freiheit sprach, weil zunächst Kein-Geld in Geld umgewandelt werden mußte, damit die Kinder eine Zukunft hätten.

Kaum war er wieder zurück, glaubte er an Geld und die Zukunft der Kinder, und all dies klingt von heute aus völlig verdreht, obwohl auch jetzt immer noch eine Menge Leute an Geld glauben, aber das mit der Zukunft der Kinder hat sich inzwischen ausgeglaubt, und das mit dem Geld ist nur eine Frage der Zeit; von der heilen Familie oder der Demokratie oder der großen Liebe oder dem Weltfrieden ganz zu schweigen.

Matz bekam von seiner Zukunft zunächst noch nicht sehr viel mit, weil er noch zu klein war und zwischen den Eltern im Doppelbett schlief, während ich ein eigenes Kinderbett hatte und mir in meinem Kinderbett von fern die Zukunft der Kinder anhörte, die aus fremden Wörtern und Zahlen bestand, bis ich eingeschlafen war, weil ich die Wörter und Zahlen nicht verstand. Aber ich verstand, daß Geld und Zukunft zusammenhingen.

Es stellte sich dann heraus, daß zwischen dem Kinderbett und der Zukunft jede Menge Autos lagen. Es fing mit Kein-Geld, einem Gespräch bei der Bank und einer Isetta an, ging mit einem Volkswagen weiter, dann folgten ein Opel Rekord, ein Ford Taunus mit einer Weltkugel auf dem Kühler, ein Audi 100, ein Mercedes 220, danach kamen zu dem Mercedes noch ein Fiat, dann ein Opel Kadett, ein VW Passat und zuletzt ein kleiner BMW, irgendwo erschien kurz einmal ein Alfa Romeo und verschwand bald darauf wieder, aber auf der Höhe des zweiten BMW war schließlich die Zukunft da, und es war klar, daß es einen Zusammenhang zwischen Geld und PS geben mußte, aber ich interessierte mich nicht für PS, weil Matz und ich jeden Samstag die Autos putzen mußten.

Als die Zukunft anfing, hatte ich den grünen Gürtel in Judo. Wir wohnten inzwischen nicht mehr in dem winzigen Zimmer, sondern in einer Firmenwohnung. Lu wohnte auch in so einer Firmenwohnung, genauso wie Jakob und Siggi, und wir alle hatten den grünen Gürtel in Judo, weil wir auf dem Weg zur Bushaltestelle im Dunkeln eines Tages überfallen werden könnten, und dann wären wir vorbereitet und könnten uns wehren. Es war völlig unklar, wer uns überfallen sollte, weil wir einfach jeden Menschen in der Firmensiedlung kannten und alle in gewisser Weise zur Firmenfamilie gehörten, aber der Judoverein gehörte genauso zur Firma wie der Tischtennisclub und im

Sommer der Schwimmverein. Natürlich wohnten nicht alle, die in der Firma arbeiteten, in der Firmensiedlung. Die Italiener zum Beispiel wohnten unter sich, aber trotzdem hat uns nie einer überfallen, und wir hatten den O-Goshi umsonst gelernt.

Die Männer, die in der Firmensiedlung wohnten, also unsere Väter, arbeiteten fast alle an der Sprühsahne, und als die Zukunft begann, waren sie gerade am Feiern, weil sie zwar noch nicht die Sprühsahne entwickelt hatten, aber eine Menge andere Sprühsachen, und in der ersten Zeit, nachdem sie das Sprühzeug erfunden hatten, brauchte keines von ihren Kindern mehr Autos zu putzen, weil sie selbst ihre Sprühpolitur ausprobieren wollten, bevor sie in die Geschäfte kam, und an diesen Samstagen kamen die italienischen Kinder und sahen ihnen beim Autoeinsprühen zu, und wir sahen ihnen natürlich auch zu, und unseren Müttern sahen wir beim Fenstereinsprühen zu; alle waren aufgedreht und übermütig und sprühten in der Gegend herum, was das Zeug hielt, sie sprühten sich gegenseitig die Pullover und Windjacken voll und uns Kindern die nackten Arme. Normalerweise benahmen sie sich nicht so, sondern beobachteten nur ganz genau, wann einer von ihnen wieder ein paar PS mehr in der Firmengarage hatte, und dann dauerte es nicht lange, bis die PS in der ganzen Siedlung anstiegen, und nachdem Siggi zu Weihnachten einen Billardtisch bekommen hatte, bekamen wir an den Geburtstagen alle auch Billardtische, ob wir Billard spielen mochten oder nicht, aber das Sprühfest machte sie alle wieder zu kleinen Jungen, und schließlich erfanden sie auch noch tatsächlich die Sprühsahne, und dann mußte man aufpassen, daß man nicht versehentlich den Autoschaum auf den Schokoladenpudding sprühte, denn anfangs sahen alle Sprühflaschen gleich aus und hatten ein quietschgrünes Etikett, bevor sie dann in die Läden kamen, praktisch zeitgleich mit der Sprühsahne der Konkurrenz, aber mit anderem Etikett. Alle bekamen für die Erfindung eine Gratifikation, und die meisten wurden befördert und forschten danach in Zaire oder in Südamerika weiter, das heißt, eigentlich forschten sie in ihrer Firma weiter und fuhren, sobald sie etwas erforscht hatten, nach Zaire oder nach Südamerika, mal nach Argentinien, mal nach Chile, weil sie das Zeug, das sie erfunden hatten, irgendwo testen mußten, bevor sie es im eigenen Land zugelassen bekamen.

Wir wußten natürlich, was Geld war, schon wegen der vielen PS, die zu Beginn der Zukunft etwa bei 100 lagen, und unser Taschengeld lag bei fünf Mark für mich und zwei Mark für Matz, bei den anderen in der Firmensiedlung war es wahrscheinlich ähnlich, aber sobald man die Wohnung verließ, hörte es einfach auf, unter keinen Umständen durfte man darüber sprechen, sonst war man schlecht erzogen, also war es wieder Kein-Geld, obwohl es im Grunde da war. Es war so sehr da, daß alle Leute alles hatten, und sobald sie alles hatten, kauften sie es noch mal und stellten es sich in die Wohnung, und das, was sie vorher gehabt hatten, kam in die Garagen und Keller. Dann war für eine Weile wieder das echte Kein-Geld. Bei uns gab es dann Kartoffelsuppe, die meine Mutter irgendwie hinkriegte und die sie als riesigen Würfel in die Tiefkühltruhe packte, bei Lu gab es Tiefkühlspinat mit hartgekochten Eiern, weil ihre Mutter auch nicht richtig kochen konnte, aber es dauerte nie lange, dann war wieder Geld da, und es ging immer so weiter. Offenbar war es kein Thema, und mir war es einfach egal.

In der Schule schrieben wir Aufsätze über »Die Welt im Jahr 2000«, und die Fahrzeuge in unseren Aufsätzen hatten jede Menge PS, die Leute im Jahr 2000 ernährten sich von Vitaminpillen und Weltraumkraftkost und natürlich aus Tiefkühltruhen, und die Tiefgaragen mußte man nicht mehr aufschließen, dafür gab es futuristische Schranken mit Lichtreflex. Besonders bei den Jungen war die Welt im Jahr 2000 recht technisch und voll mit Weltraumfahrt und Astronauten, bei den Mädchen war sie vor allem bunt.

Und dann plötzlich gab es einen Knall.
An den Knall kann ich mich gut erinnern, weil er mit einer neuen Lehrerin kam, nachdem der alte Lehrer, der mit »Die Welt im Jahr 2000«, in Pension gegangen war.

Diese Lehrerin also kam direkt von der Uni. Die Uni war etwas, wo wir alle hinterher auch hingehen würden, obwohl unsere Eltern schauderhafte Dinge darüber erzählten, weil an der Uni Leute waren, die sich nicht wuschen und kämmten und nie zum Friseur gingen, Versager waren und das System zerstörten, was immer das System war. Also hätte man eigentlich denken können, daß Eltern, die schon jahrelang über die Zukunft ihrer Kinder nachdachten und sich um diese Zukunft kümmerten, vielleicht für die Kinder einen Bogen um die Uni eingeplant hätten, aber Matz, der es wahrlich nicht mit der Schule hatte und der das Gymnasium haßte, sagte manchmal, muß ich da ehrlich noch sechs Jahre hin, und dann sagte mein Vater mit düsterer Miene und Stimme, du willst doch wohl mal an die Uni. Die Uni hing vor allem mit der Frage Geld oder Kein-Geld zusammen, denn gelegentlich zückte mein Vater dann eine kleine silberne Plastikkarte und sagte, die kriegst du nicht ohne Uni. Diese Karte war zu Beginn der Zukunft überhaupt der letzte Schrei, weil sie beides war: natürlich und offensichtlich war sie kein Geld, aber schließlich war die Lichtreflexschranke in den Science-fiction-Garagen auch kein echtes Garagentor, und trotzdem konnte man die Garage so aufschließen, also war sie gewissermaßen doch ein Garagentor, und die Karte war also gewissermaßen auch Geld. Matz hatte die Angewohnheit, samstags, sobald er seine zwei Mark in der Hand hatte, zum Kiosk zu rennen, sie in Süßigkeiten umzuwandeln und sofort aufzufressen. Meine Mutter ärgerte sich über diese Angewohnheit und sagte, er solle die zwei Mark lieber sparen und sich was Sinnvolles davon kaufen, aber für Matz gab es samstags nichts Sinnvolleres als seine süßen Sachen, und erst sonntags oder montags in der Schule fiel ihm auf, daß er jetzt kein Geld mehr hatte, aber auch am Montag wäre es damals für Matz auf Süßkram hinausgelaufen, und womöglich spekulierte er darauf, daß die silberne Plastikkarte ihn ab Sonntag von dem Problem befreien könnte, weil sie immer genau so viel Geld wert war, wie das kostete, was man sich damit kaufte, also unendlich viel, und auf die Art hätte Matz sich vermutlich ein für allemal von seiner Süßkram-Fresserei befreien können, weil mein Vater zu meiner Mutter sagte, einmal so richtig daran überfressen, und dann hat die liebe Seele Ruh. Für Matz jedenfalls war die Karte ein Grund, weiter ins Gymnasium zu gehen und später dann an die Uni, obwohl es dort ziemlich wüst zugehen mußte und wir uns wunderten, warum unsere Eltern uns das nicht ersparen wollten. Immerhin versuchten sie uns dagegen zu immunisieren, und deshalb traf mich der Knall mit voller Wucht, als wir eines Tages nach den Ferien die neue Lehrerin hatten.

Diese Lehrerin hieß zunächst Frau Rosenbauer und später dann Helmi. Sie war gerade frisch geschieden und glaubte weder an den Weltfrieden noch an die große Liebe oder die heile Familie, und das gefiel mir, obwohl man mit vierzehn gern daran glauben würde, aber seit ich mich erinnern konnte, hatte es unentwegt Kriege gegeben, und sie waren auch nicht besser geworden, bloß weil wir sie jetzt in Farbe kriegten, und mit den anderen beiden Sachen wußten wir alle Bescheid. Lu war in den Kunstlehrer verliebt und ich in Jakob, aber von Verliebtsein zum Glauben an die große Liebe ist es ein ziemlicher Schritt, und weder Lu noch ich hatten vor, diesen Schritt zu machen und zu enden wie unsere Mütter, die ihren Töchtern davon erzählten, daß sie früher mal an die große Liebe geglaubt hätten und inzwischen nicht mal mehr heulen könnten. Frau Rosenbauers Mann war Rechtsanwalt gewesen, und sie selbst war inzwischen zwar geschieden, aber aus ihrer kurzen Ehe und von der Uni her hatte sich ergeben, daß sie an die Gerechtigkeit glaubte.

Das war natürlich noch nicht der Knall, aber der kam dann ziemlich bald, nachdem sie uns so weit hatte, daß wir auch für Gerechtigkeit waren. Siggi übrigens war so lange für die Gerechtigkeit, bis er selbst Rechtsanwalt geworden war, und erst dann dämmerte ihm, daß es auch damit nur so lange funktioniert, wie man daran glaubt, und selbst wenn man daran glaubt, heißt es noch lange nicht, daß es auch funktioniert.

Die Gerechtigkeit war natürlich gewöhnungsbedürftig. Schließlich ist alles, was man neu denkt, erst einmal gewöhnungsbedürftig, und wir hatten zwar über »Die Welt im Jahr 2000« nachgedacht, aber sobald die Gerechtigkeit hinzukam, änderte sich diese Welt, und man mußte überlegen, was in der Welt im Jahr 2000 aus den Italienerkindern oder den Leuten in Zaire und Argentinien werden würde, und dann sah es nicht mehr so astronautenhaft aus, weil weder die Italiener noch die Leute in Zaire und Argentinien Garagen mit Lichtreflexschranken hatten, einfach schon mangels PS, und wenn alles so weiterginge, wie es eben weiterging, würde sich daran nichts ändern: Wir würden im Jahr 2000 feinste Weltraumkraftnahrung verspeisen, und in Zaire und Argentinien gäbe es eher nichts. Jedenfalls nicht genug.

Und genau das war dann schließlich der Knall, weil Frau Rosenbauer eines Tages im Herbst mit einem Buch ankam, in dem stand, daß es unter keinen Umständen so weitergehen dürfte, wenn wir nicht wollten, daß demnächst die Lichter ausgingen und wir alle im Dunklen verhungern müssen, weil es nicht mehr genug zu essen gibt, und im Dreck sowieso vorher schon ersticken wegen der vielen PS. Ich hatte nicht gewußt, daß man an PS ersticken kann, aber es waren Wissenschaftler, die das herausgekriegt hatten, und später kam bekanntlich noch mehr davon raus, woran wir ersticken könnten, aber zunächst einmal war die Sprühsahne nicht in Gefahr, und mein Vater konnte unbesorgt weiter forschen. Manchmal sagte er, wenn bloß die Araber nicht auf dumme Gedanken kommen und uns am Ende das Licht ausdrehen. Aber das Licht blieb an.

Und trotzdem änderte sich »Die Welt im Jahr 2000«.

Das Buch kam kurz darauf in der Tagesschau. Ich sagte, das hatten wir übrigens in der Schule, und mein Vater sagte, ich hasse das, diese Panikmache, aber wo sie recht haben, haben sie recht. Geburtenkontrolle da unten muß sein. Da unten waren die Länder, wo er hinfuhr, um seine Forschungen zu testen.

*

Katastrophen sind immer ähnlich. Erst knallt es, und danach passiert beinah gar nichts. Nach diesem Knall war es auch so. Einige Wochen danach sagte Lu, ist dir auch aufgefallen, daß die Hälfte der Lehrer jetzt mit dem Fahrrad kommt, und ich hatte nicht so darauf geachtet, aber dann fiel es mir auch auf. Sonst passierte zunächst einmal gar nichts. Dann fingen die Araber an, uns das Licht auszudrehen. Mein Vater war ziemlich wütend, weil er sonntags sehr gern seinen Frust auf der Autobahn abreagierte, er fuhr ein paar hundert Kilometer und sagte, das tut den Zündkerzen gut, und am Abend kam er dann wieder nach Hause und war gleich viel ausgeglichener, aber plötzlich sagte die Regierung, daß er seine PS jetzt gefälligst am Sonntag in der Garage stehenlassen sollte, und das nicht nur einmal, sondern bis Weihnachten, und gerade vor Weihnachten war es nicht günstig, wenn er seinen Frust nicht abreagieren konnte. Er fluchte auf die Araber und wählte die Regierung nie wieder. Als er sagte, daß er fortan eine andere Partei wählen würde, gab es den ersten Krach, weil meine Mutter sagte, Verräter. Sonst sagte sie nichts, aber es wurde brenzlig, zumal mein Vater ja sonntags einstweilen nicht auf seine PS ausweichen und die Zündkerzen kräftig durchpusten konnte. Ich rief Lu an und telefonierte so lange mit ihr, bis sie draußen zu laut wurden, und als sie richtig laut waren, hörte ich, daß es wieder um Geld ging, mein Vater sagte gerade, ich kann mir deine luxuriöse Gesinnung nämlich schlechterdings nicht mehr leisten. Meine Mutter sagte, wir sind bisher doch auch nicht so schlecht gefahren, und mein Vater sagte, ich bin in der Progression, und zwar saftig, und außerdem wollte er sich das nicht mehr bieten lassen, in der Progression zu sein und überhaupt nicht mehr fahren zu dürfen, weil er am Sonntag sein Auto stehen lassen sollte. Ich bin immerhin noch ein freier Mann, sagte er, und als freier Mann kann ich schließlich von meinem Wagen Gebrauch machen, wie und wann ich das will. Wo sind wir denn hier, sagte er, wir sind doch schließlich in einem freien Land. Meine Mutter erinnerte sich an die Zeiten, als mein Vater noch an die Freiheit geglaubt hatte, sie wurde im Ton ziemlich spitz, weil damals nicht nur die Freiheit, sondern offenbar auch noch eine gewisse Elisabeth mit im Spiel gewesen war, und als sie bei der gewissen Elisabeth angekommen waren, ging ich kurz raus und fragte, ob ich bei Lu übernachten könne.

Wenn Lus Vater gerade wieder einmal Selbstmord machte, übernachtete Lu bei mir, und wenn bei uns Stimmung war, übernachtete ich bei ihr, deshalb wußte ich auch, daß es bei ihnen Tiefkühlspinat gab, wenn sie gerade etwas doppelt angeschafft und die vorherige Garnitur in den Keller getragen hatten. Ist wieder Stimmung, sagte Lu, als ich anrief wegen der Übernachtung, und ich sagte, du hörst ja, was los ist, weil man die Stimmung bei uns durchs Telefon hören konnte. Okay, sagte Lu, dann komm halt, und ich packte meine Sachen, ein paar Single-Schallplatten von Tom Jones, meinen blauen Lidschatten und den Flanellschlafanzug, und war für den Tag erst einmal aus der Geschichte raus.

Lu war nicht besonders gut in der Schule, deshalb sahen es ihre Eltern gern, wenn ich rüberkam, obwohl wir nie über die Schule sprachen oder Hausaufgaben machten oder was immer, aber vielleicht dachten sie auch, es ist osmotisch oder färbt einfach auf sie ab, wenn wir herumsitzen, Platten hören und vor uns hin gackern. Sie waren jünger als meine Eltern, weil sie Lu während des Studiums bekommen hatten, und Lus Mutter hatte dann nicht mehr weiterstudiert, sondern war einfach das Bienchen geblieben, das sie während des Studiums gewesen war. Lus Vater hatte wegen Lu keine Praxis aufmachen können, halb wegen Lu und halb wegen seines Vaters, der ein Nazi gewesen war, und deswegen redete Lus Vater kein Wort mehr mit ihm und bekam auch seine Praxis und die ganzen Apparate dafür von ihm nicht vorgeschossen, keinen Pfennig will ich von dem alten Sack, sagte er, und also war er in der Medizinabteilung der Firma gelandet und deshalb depressiv, obwohl er und Bienchen im Tennisclub waren und eine Menge hohe Tiere aus der Firma kannten, aber im Grunde haßte Lus Vater die Firma. Er sagte, dieser Scheißladen, diese elende Arschkriecherei. Er sagte, daß die Kollegen alles Fahrradfahrer seien. Ich dachte, daß nur die Lehrer in unserer Schule inzwischen Fahrrad führen, weil alle anderen morgens in ihre Autos stiegen und getrennt mit dem Wagen los in die Firma fuhren, und am Abend kamen sie im Konvoi wieder alle nach Haus in die Siedlung, aber Lus Vater sagte, Fahrradfahrer bist du, wenn du nach unten trittst und nach oben buckelst, und er fand es schäbig, mit lauter Fahrradfahrern gemeinsam in einer Firma zu sein. Aus Protest machte er keine Karriere und zog sich statt dessen Bluejeans an, wenn er nach Feierabend heimkam, und trank Müller-Thurgau oder etwas, das wie Wasser aussah, und alle paar Wochen sagte er, ich halte das nicht mehr aus, und sobald er das sagte, wußte Lu, daß sie besser bei uns übernachten sollte, weil er dann wieder das Bügeleisen mit in die Badewanne nehmen würde oder sonst einen Selbstmord machen, der bloß deshalb nicht funktionierte, weil er nicht so sehr viel von Technik verstand. Eines Tages haut es mal hin, sagte Lu, und dann will ich jedenfalls nicht in der Nähe sein.

Später haute es tatsächlich hin, als plötzlich, eine Weile nach dem Knall, diese Epidemie ausbrach und alle depressiv wurden und entweder anfingen, sich orangefarbene Sachen anzuziehen und nach Indien zu fahren, weil sie an Hare Krishna glaubten, oder reihenweise aus dem Fenster zu springen oder in den Wald zu gehen und sich zu erschießen. Ich bin immerhin froh, daß er sich nicht aufgehängt hat, sagte Lu, als es passiert war und Bienchen ihn gefunden hatte, aber das war eine ganze Zeit später, und Lu war damals schon raus und hatte ein Zimmer in einer WG.

Noch lag er bloß herum, hatte Bluejeans an, trank Müller-Thurgau oder etwas, das wie Wasser aussah, und war depressiv. Bienchen ging reichlich zum Friseur, aber die Angelegenheit mit den Arabern, die uns das Licht ausdrehten, war bei ihnen offenbar kein Problem, weil sie sich ihre luxuriöse Gesinnung einfach leisteten, ohne darüber ein Wort zu verlieren und vor allem ohne deshalb einen Krach anzufangen.

Ich war gern bei Lu. Niemand kümmerte sich darum, was wir machten, und wenn wir abends noch raus wollten und im Dunklen Fahrrad fahren und nachsehen, ob in Jakobs Zimmer das Licht brannte, war es ihnen egal. Lu sagte, manchmal wäre es ihr lieber, es wäre ihnen nicht so egal, und sie würden sagen, um sieben bist du spätestens wieder zu Hause, aber statt dessen gaben sie ihr fünf Mark und sagten, falls du Lust hast, holst du dir eine Pizza. Wenn ich da war, gaben sie uns zehn Mark, und es war wunderbar, abends im Dunklen zur Pizzeria zu fahren und anschließend bei Lu im Zimmer zu sitzen, Musik zu hören und uns darüber zu unterhalten, wen wir mal heiraten würden, obwohl wir beide nicht wirklich ans Heiraten glaubten. Nicht nach dem, was wir davon so mitbekommen hatten, und nicht nach dem, was Helmi uns davon erzählte, daß nämlich, sobald man verheiratet ist, herauskommt, wer das Sagen hat, weil Verheiratetsein nichts anderes ist als eine Interessenfrage, und zwar eine vertrackte, denn Interessenfragen sind niemals auf Dauer im Gleichgewicht zu halten, genau so wie in der Sache mit dem Weltfrieden kriegen die einzelnen Beteiligten niemals ein Gleichgewicht hin, einer hat immer die Oberhand, und in Liebesdingen ist das auf Dauer meistens der Mann, weil er die Hand auf dem Portemonnaie hat. Bei Helmi schrieben wir folglich nichts über »Die Welt im Jahr 2000«, sondern als erstes einen Aufsatz über Maria B.

Maria B. war so etwa in unserem Alter, jedenfalls nicht sehr viel älter als wir, und sie erzählte die Geschichte mit Peter, die in die Brüche gegangen war, weil Maria B.s Vater Geld hatte und Peters offenbar nicht. Peter war eigentlich genau ihr Idealtyp gewesen, groß, dunkelhaarig und männlich, und Peter hatte nur einen Fehler: Er fand, daß

Geld nicht glücklich macht, während Maria B. fand, das ist genau der Satz, den Leute sagen, die nichts haben und sich mit diesem Satz darüber hinwegtrösten, daß sie nichts haben. Peter wiederum fand, daß Maria B.s Eltern genau die Leute wären, die man schon längst enteignet haben müßte, und Maria B. fand das absurd, weil Peter schließlich von dem Geld von Maria B.s Eltern auch was hatte, als sie die Afrikareise machten, und wenn es Peter wieder mal finanziell dreckig ging, half Maria B. ihm aus, und also sollte er nicht sagen, es wären Scheißer, was er aber offenbar tat, wo er selbst aus einer ziemlich miesen Familie kam. Jedenfalls kriegten sie kein Gleichgewicht hin, Peter sagte schließlich, das sind die Klassengegensätze, und stellte Maria B. vor die Entscheidung: Entweder deine Eltern oder ich, und so ging die Sache in die Brüche, weil Maria B. natürlich nicht daran dachte, auf das Geld von ihrem Vater zu verzichten, wieso auch.

Trickreich an Helmi war, daß in der Geschichte nicht der Mann die Hand auf dem Portemonnaie hatte, obwohl ja in gewisser Weise doch wieder; schließlich kam das Geld von Maria B.s Vater, und Maria B. wurde natürlich von allen in der Klasse für schuldig befunden, obwohl ich eigentlich fand, daß sie an der Stelle recht hatte, als sie sagte, es sei ihr egal, ob Peter aus miesen Verhältnissen stammt oder nicht, weil es ihr nur darauf ankommt, ob sie jemanden mag oder nicht, dann kann er so arm sein, wie er will. Aber

Helmi glaubte an Gerechtigkeit und war gegen die Bourgeoisie, und es war leicht zu erkennen, daß Maria B. Bourgeoisie war, weil ihr Vater ein Fabrikbesitzer war. Ich war ziemlich froh, daß die Firma, in der mein Vater arbeitete, nicht meinem Vater gehörte, sondern er nur zum Forschen dort angestellt war, weil ich vermutlich Probleme mit Helmi gekriegt hätte, wenn ich Bourgeoisie gewesen wäre. Wir hatten ein paar in der Klasse, bei denen die Eltern Bourgeoisie waren und Pelz- oder Lampengeschäfte hatten, bei einem in der Klasse gehörten den Eltern sogar Hotels, und in einem von den Hotels machten wir unsere Klassenfeste, aber bei Helmi hatten die trotzdem schlechte Karten, obwohl sie sich die größte Mühe gaben, auch an Gerechtigkeit zu glauben und die ältesten Jeans zu tragen, selbst wenn sie zu Hause begehbare Schränke hatten und zum Klamottenkaufen nach London flogen, aber die Londoner Sachen trugen sie nur zu Hause oder wenn sie auf eine Gesellschaft mußten. Wenn Sandra auf eine Gesellschaft mußte, schämte sie sich. Sie sagte, von dem Geld, was da auf einem Haufen rumsteht, kannst du den halben Kongo ernähren. Sandra machte die besten Parties von allen in der Klasse, und weil sie sehr für Gerechtigkeit war und niemanden ausgrenzen wollte, wurde zu diesen Parties immer die ganze Klasse eingeladen. Vorher trafen sich ein paar gute Freundinnen bei ihr, meistens waren wir dann zu viert oder zu fünft, Sandra hatte Unmengen von Farbeimern und Sprühflaschen besorgt, damit gingen wir runter in den Partykeller, der wirklich so riesig war, daß die ganze Klasse hineinpaßte, und den malten wir irre an. Unsere Malereien waren zunächst lustig, mit der Zeit wurden sie immer wilder und greller, die Glühbirnen malten wir auch an, dann kamen unsere Lieblingsgruppen dazu, erst die Beatles, später Led Zeppelin und Deep Purple, und schließlich sprühten wir Sprüche an die Wände, und es waren Sprüche, die jedenfalls nichts mit Bourgeoisie zu tun hatten, sondern eher in Richtung Peter gingen. Als es in einem Jahr wirklich arg wurde, bekam ich es mit der Angst und sagte, hör mal, deinen Eltern wird das nicht passen, was wir da machen, aber Sandras Eltern ließen sich niemals im Keller blicken, und Sandra lachte bloß. Die finden das süß, sagte sie.

Sandra war eigentlich überall gut in der Schule, nur mit Helmi war es verhext, obwohl Sandra einen Privatlehrer hatte, aber das machte die Geschichte mit der Gerechtigkeit auch nicht besser, weil wir anderen eben keinen Privatlehrer hatten, und Hänschen Hohmann hatte nicht nur keinen Privatlehrer, sondern auch keinen Vater, und seine Mutter war bei uns in der Schule zum Putzen angestellt und hieß Rosi; Hänschen Hohmann hatte bei Helmi ausgesprochenes Glück, weil er praktisch der einzige Peter in unserer Klasse war, nur daß er nicht recht einsah, daß Geld nicht glücklich macht, aber obwohl Hänschen Hohmann schrieb, daß Peter schön dumm wäre, es sich nicht weiter mit dem Geld von Maria B.s Vater gutgehen zu lassen, bekam er immerhin eine Drei, weil er sozial benachteiligt war und nicht gelernt hatte sich auszudrücken, und es wäre nicht gerecht gewesen, ihm einen Vorwurf daraus zu machen und eine Vier oder Fünf reinzuknallen. Komischerweise war Hänschen Hohmann der einzige in der Klasse, der nicht begeistert von Helmi war, die damals im übrigen noch Frau Rosenbauer hieß und erst später zu Helmi wurde, als den meisten von uns längst klar war, daß nicht nur Geld nicht glücklich macht, sondern als wir gelernt hatten, daß ganz grundsätzlich der Kapitalismus daran schuld ist, wenn unsere Glücksansprüche nicht erfüllt werden und wir folglich alle unglücklich sind.

Als mein Vater den Aufsatz durchlas, in dem ich geschrieben hatte, daß der Kapitalismus daran schuld ist, wenn unsere Glücksansprüche nicht erfüllt werden, und man ihn mindestens bekämpfen, aber besser noch gleich ganz abschaffen sollte, wenn man für sein Glück etwas unternehmen wollte, war er enorm verärgert. Er sagte, ohne den Kapitalismus wäre deine Großmutter jetzt längst tot. Zu der Zeit lebte meine Großmutter noch, aber sie war schon schwer krank und bekam eine Menge Medikamente, also gab es eine Menge Nebenwirkungen, und die staatlichen Ärzte dort, wo meine Großmutter lebte, konnten nichts dagegen tun, weil es staatliche Ärzte waren, die mit den Medikamenten aus der staatlichen Forschung zurechtkommen mußten, und die hatte sich bislang noch nicht um die Nebenwirkungen kümmern können, während die Firma meines Vaters sich längst darum gekümmert hatte und mein Vater dafür sorgte, daß seine Mutter die Medikamente gegen die Nebenwirkungen bekam. Ich hatte, als ich den Aufsatz schrieb, nicht daran gedacht, daß meine Großmutter ihr Leben dem Kapitalismus verdankte, und wollte auch jetzt nicht so recht daran glauben. Ich sagte, aber wenn doch der Kapitalismus die Leute unglücklich macht, arbeiten sie bestimmt nicht so gut wie ohne den Kapitalismus, aber andererseits war ich mir nicht ganz sicher, weil dort, wo meine Großmutter lebte, zwar kein Kapitalismus war, aber eben auch kein Medikament gegen die Nebenwirkungen, das sie doch leicht hätten erfinden können, wo sie schon alle glücklich waren und glücklich forschten. Mein Vater sah mich an, als wenn ich schon an der Uni wäre und mich wieder einmal nicht gewaschen hätte. Dann sagte er, das ist alles schön und gut, aber Zuckerbrot ist doch wohl allemal besser als Peitsche. Jakobs großer Bruder hatte es mit der Peitsche gekriegt, vielmehr mit dem Gürtel und der Gürtelschnalle daran, und Jakob sagte manchmal, den hat mein Alter nach Strich und Faden versaut. Jakob sagte immer »mein Alter«, wenn er von seinem Vater sprach, obwohl er selbst reichlich Angst vor ihm hatte, aber womöglich auch weil er Angst vor ihm hatte, und ich fand auch, daß Jakobs großer Bruder vielleicht nicht gerade versaut war, aber doch jedenfalls ziemlich sonderbar und ein bißchen verkorkst; er saß an den Wochenenden immer am Spielplatz in der Firmensiedlung herum, redete mit den Kleinen und machte ihnen so lange Angst, bis sie nicht mehr zum Spielplatz gingen, wenn sie sahen, daß er dort saß. Ich sagte, was hat das mit der Peitsche zu tun, daß sie kein Medikament für die Nebenwirkungen haben. Mein Vater erinnerte sich daran, daß er früher an die Freiheit geglaubt hatte, und sagte, alles, was staatlich ist, ist nichts als der reinste Zwang. Seit er wochenlang nicht hatte Auto fahren dürfen, versuchte er, die Regierung abzuwählen, und ich sagte, sich am Fließband abzuquälen für fünf Mark und ein paar Zerquetschte, ist das etwa kein Zwang, aber ich war nicht ganz überzeugt von dem Argument, weil ich niemanden kannte, der sich für fünf Mark und ein paar Zerquetschte am Fließband abquälte, und Hänschen Hohmanns Mutter nicht so gern erwähnen mochte, obwohl sie sich auch abquälte und es am Kreuz hatte, aber sie arbeitete ja nicht für den Kapitalismus, sondern für die Schule, und die Schule war schließlich ein staatliches Amt.

Mein Vater sagte, das geht doch demnächst automatisch, und das hatte Helmi auch gesagt, also wußte ich, daß sich demnächst alle, die sich heute für fünf Mark und ein paar Zerquetschte abquälten, überhaupt erst gar nicht mehr abquälen dürften, und zwar massenhaft, was noch schlimmer war, als sich am Fließband abzuquälen, weil sie dann gar keine Arbeit mehr hätten und Arbeit dem Leben erst Sinn gibt, allerdings nur für Leute, die ihre Glücksansprüche erfüllen können. Ich hatte also wieder Boden unter den Füßen und sagte, und was wird dann, wenn alles automatisch ist. Wohin dann mit all den Leuten? Mein Vater hatte darüber schon nachgedacht und sagte, daß Italiener in Italien ihr Zuhause hätten und vermutlich froh wären, wenn sie wieder nach Italien ziehen könnten, wo sie hingehörten, und das Gespräch fing an, ein bißchen widersinnig zu werden, weil ich sagte, wieso sind die Italiener dann nicht schon längst in Italien, und mein Vater hatte mich erwischt. Er lachte und sagte, offenbar weil sie sich lieber hier am Fließband abquälen, als in Italien in der Sonne zu liegen und dolce vita zu machen. Hier spielt nämlich das süße Leben.

Solche Gespräche ärgerten mich, weil ich meinem Vater nicht gewachsen war und weil es viel leichter war, die Sache mit den Glücksansprüchen schlüssig zu denken, wenn ich Helmi vor mir hatte, aber sobald ich erst mal zu Hause war, fand mein Vater ein Haar in der Suppe, und ich wußte plötzlich nicht mehr, warum eigentlich der Kapitalismus und die Glücksansprüche sich nicht miteinander vertrugen.

Ich selbst fing um die Zeit an, ziemlich reich zu sein, weil Helmi mich eines Tages fragte, ob ich Lust hätte, ein paar Kinder aus der Siebten zu unterrichten, und auf die Art hatte ich erst nur Andi und Sonja, später wurden es immer mehr und mehr, und mein Taschengeld war mir längst egal. Meine Mutter sagte, du brauchst doch nicht fremde Kinder zu unterrichten, kümmer dich besser um deinen Bruder, aber sobald ich versuchte, Matz etwas beizubringen, gerieten wir uns in die Wolle. Meinen Glücksansprüchen schadete es nicht sehr, daß ich Geld hatte. Ich kaufte mir ein Mofa und fühlte mich frei, weil ich nicht mehr mit dem Bus zur Schule fahren mußte. Manchmal ging ich auch in ein Restaurant und bestellte mir Schnecken oder Pfifferlinge mit Semmelklößen, weil ich es schick fand, Schnecken zu essen, und weil es mich froh machte, Pfifferlinge mit Klößen zu essen.

Allerdings ging es mit den Glücksansprüchen bei uns zu Hause ziemlich daneben. Mein Vater wurde von seiner Firma nach Amerika geschickt und sollte einen Führungskräftekursus machen und Englisch lernen, weil Führungskräfte Englisch können mußten.

Er blieb ziemlich lange in Amerika, und als er wieder zurück war, wäre er am liebsten gleich ganz dort geblieben und schwärmte wie verrückt von allem, was er in Amerika erlebt hatte, die Leute, die Autobahnen, die Landschaft und so weiter; er hatte einigermaßen Englisch gelernt und wußte, daß man als Führungskraft seine Untergebenen nicht anschreien darf, weil man sonst autoritär ist, und die autoritären Zeiten waren in der Firma vorbei, weil sie eine moderne Firma war, die mit sanften Methoden gegen die Untergebenen vorging, damit sie nicht so sehr merkten, daß sie Untergebene waren. Mein Vater kam in eine neue Abteilung, und obwohl er nie einen Untergebenen anschrie, sagten sofort alle Leute »big chief« zu ihm, jedenfalls erzählte Lus Vater das einmal, als er sich über meinen Vater lustig machte, weil mein Vater ein Karrierist war, Schlipse trug und sich nie über die Firma beklagte, während Lus Vater sofort in die Bluejeans sprang, wenn er abends aus dem Scheißladen nach Hause kam. Lus Vater sagte, den haben sie sich gekauft, und meinte meinen Vater, und meine Mutter sagte verächtlich, der wählt sogar so, wie die Firma von ihm verlangt, obwohl mein Vater sagte, ich bin schließlich in der Progression, ich kann mir den Luxus nicht leisten.

Er konnte sich einiges nicht mehr leisten, und ich bekam das Gefühl, je mehr Geld er hatte, desto weniger konnte er sich plötzlich leisten. Er sagte, ich kann es mir nicht leisten, billige Schuhe zu kaufen, und als ich nicht verstand, warum er sich keine billigen Schuhe mehr leisten könnte, erklärte er mir, daß seine Schuhe eine Investition seien. Einmal sagte er auch, es ist reichlich teuer, ein armes Schwein zu sein, und ich muß komisch geguckt haben, als er das sagte, aber er bestand darauf und sagte, daß billige Sachen einfach nichts taugten und schneller kaputtgingen als teure und daß also arme Schweine sich alle halbe Jahr wieder was neu kaufen müßten, und während seine Uhr in einem halben Jahrhundert noch funktionieren würde, hätten die armen Schweine sich schon zehn neue Uhren anschaffen müssen, und das könnte er sich auf Dauer nicht leisten. Ich hatte zur Konfirmation eine Uhr aus Gold bekommen, weil mein Vater sich meine billige Uhr nicht leisten konnte, aber ich zog weiter die billige an, und später zog ich gar keine Uhr mehr an, weil man bei Helmis Unterricht irgendwann wußte, daß Zeit Geld ist, und sobald man damit einverstanden ist, daß Zeit Geld ist, hat man die Glücksansprüche verspielt, also trägt man besser keine Uhren, die einen nur daran erinnern, daß man im Kapitalismus und Unglück lebt.

Er war noch nicht lange aus Amerika zurück, da beantragte er wieder eine Reise, weil sein Englisch noch etwas poliert werden könnte, und tatsächlich bekam er die Reise, ließ sich etliche Anzüge dafür schneidern, weil er es sich nicht mehr leisten konnte, Anzüge von der Stange zu tragen, und dann fuhr er also noch mal los, und als er danach wieder zurück war, waren seine Glücksansprüche nicht mehr mit seinem Familienleben vereinbar. Manchmal bekam er Telefonanrufe und führte sehr leise Flüstergespräche auf englisch, manchmal bekamen wir anderen Anrufe, und sobald wir unseren Namen gesagt hatten, wurde am anderen Ende aufgelegt. Meine Mutter brachte Amerika und die Freiheit in eine Verbindung und kombinierte sie mit den Anrufen, mein Vater konnte sich ihr

Mißtrauen nicht mehr leisten, aber eine Scheidung konnte er sich auch nicht leisten, weil die Firma sich keine geschiedenen Führungskräfte leisten konnte, selbst wenn sie noch so modern war, aber ein gelungenes Familienleben mußten ihre Führungskräfte schon vorweisen können, damit die Untergebenen nicht gegen die Führungskraft meutern könnten. Meinen Vater zog es nach Amerika und in die Freiheit, von einem gelungenen Familienleben konnte nicht mehr die Rede sein; die Zukunft der Kinder war da und mußte nicht mehr besprochen werden, auch wenn Matz beinahe hängengeblieben wäre und nur ganz knapp durchs Gymnasium kam; auch wenn ich immer öfter zu Lu ging und offenbar Kommunistin war, was er sich eigentlich auch nicht hätte leisten können, aber zum Glück wußte die Firma nichts davon, sonst hätte sie ihn entlassen, jedenfalls aus seiner Führungskraftposition, was sein Problem zum Teil gelöst hätte, weil er sich dann hätte scheiden lassen können, allerdings hätte er dann wieder Anzüge von der Stange tragen und womöglich an die Uni gehen müssen. Die Uni fragte ihn nämlich von Zeit zu Zeit, ob er nicht zu ihnen kommen wollte, und er sagte dann immer, ich und die staatliche Forschung, niemals, und dabei machte er ein Gesicht, als könnte man sich in der staatlichen Forschung die Bazillen holen, die in der freien Wirtschaft bekämpft werden mußten, und lieber blieb er verheiratet, als an die Uni zu gehen, wo lauter verkrachte Existenzen vergammelten.

Ich unterrichtete inzwischen neben Andi und Sonja noch eine Menge andere Kinder, von einem bekam ich immer Kinokarten, weil seinem Vater eine Kinokette gehörte, und wenn ich nicht zu Lu ging, fragte ich Jakob, ob er mit mir ins Kino wollte. Ich war in Jakob verliebt, seit ich ihn kannte, aber er nicht in mich, und er kam nicht mit ins Kino, weil er kein Geld hatte und sich von einem Mädchen nicht aushalten lassen wollte, obwohl ich die Kinokarten ja nicht bezahlt, sondern geschenkt bekommen hatte. Ob er Lust hätte, mit mir in ein Restaurant zu gehen und Schnecken zu essen, fragte ich ihn gar nicht erst.

Nach der dritten Amerikareise fand meine Mutter in der Jackentasche meines Vaters Hotelzimmerquittungen eines Hotels in Miami Beach, obwohl mein Vater gar nicht in Miami Beach gewesen sein sollte, und Restaurantquittungen mit doppelt so viel Hummer, wie mein Vater allein hätte essen können, und von da an hieß die Freiheit Sheila und blieb leider in Amerika, weil sie sich nicht nach Europa versetzen lassen konnte, und mein Vater wiederum konnte sich nicht nach Amerika versetzen lassen, weil er gerade in seiner Abteilung Führungskraft geworden war, also fuhr er, wann immer er konnte, zu Sheila, und manchmal fuhr Sheila nach Europa, jedenfalls fand das der Detektiv heraus, den meine Mutter damit beauftragt hatte, meinen Vater zu überwachen, nachdem es eigentlich nicht mehr nötig gewesen wäre, ihn zu überwachen, weil wir inzwischen längst wußten, daß sie Sheila hieß und nicht nach Europa versetzt werden würde, also war es im Grunde sinnlos, meinen Vater überwachen zu lassen, aber meine Mutter sagte, ich halte das nicht aus, und als mein Vater merkte, daß ein Detektiv ihn überwachte, wollte ich lieber nicht mehr in der Firmensiedlung wohnen, sondern möglichst bald raus.

Um die Zeit starb meine Großmutter, und wir fuhren hin und trafen alle aus der Familie, weil alle hinfuhren, und als alle da waren, hatten sie sich nicht sehr viel zu sagen. Meine Großmutter hatte vier Kinder gehabt, und die vier Kinder waren natürlich weggegangen in vier verschiedene Richtungen, Onkel Karl und Evchen schrieben uns immer noch Weihnachtskarten und manchmal zum Geburtstag, wenn sie es nicht vergaßen, aber an die anderen konnte ich mich gar nicht mehr richtig erinnern, also saßen alle herum und erzählten, wie es früher gewesen war, mein Vater gab mit der Freiheit und den maßgeschneiderten Anzügen an und zeigte allen seine teure Uhr, Onkel Karl schaute sich den Mercedes an und hätte auch gerne einen gehabt, und als am Morgen nach der Beerdigung der Stern vom Mercedes geklaut war, sagte er, das hätte man sich ja denken können, und er klang etwas schadenfroh, als er das sagte, weil er selbst einen klapprigen Gebrauchtwagen fuhr. Dann überlegten sie, was sie mit dem Haus machen sollten, nachdem sie alles ausgemistet hatten, und sie beschlossen, das Haus zu verkaufen.

Ich wollte nicht, daß sie das Haus verkauften, weil ich mich an die Schokoladenriegel und die Hexenhühnereier erinnerte, und mir kam vor, als ob die dann endgültig weg wären, obwohl sie natürlich schon lange weg waren, aber als ich in dem Haus stand, waren sie plötzlich wieder da. Ich sagte nichts, weil ich dazu nichts zu sagen hatte, aber ich holte mir vorsichtshalber heimlich ein paar Pfifferlingsgläser aus dem Keller, und ich hatte das Gefühl, daß die Zukunft in unserem Fall etwas zu früh angefangen hatte.

Bei uns in der Firmensiedlung fingen die Dinge an, sich allmählich auseinanderzubewegen. Alle wohnten so lange in der Siedlung, bis ihre Kinder an die Uni gingen, und dann zogen sie aus, weil die Wohnungen für Familien gedacht und geschnitten waren. Wir waren alle zur gleichen Zeit in die Wohnungen eingezogen, als sie fertig geworden waren, und langsam wurden die ersten Kinder groß und zogen aus, und es kamen neue Familien mit kleineren Kindern, und es waren eher Leute wie Helmi. Sie kamen direkt von der Uni, ihre Kinder durften Rotznasen haben und auf dem Eßtisch rumturnen, und bei unseren neuen Nachbarn klebte ein Aufkleber auf der Wohnungstür, daß sie gegen Atomkraft waren. Atomkraft war der Hit, nachdem alle etwas beunruhigt darüber gewesen waren, daß die Araber uns das Licht ausdrehen könnten und bei uns zugleich die Kohle knapp wurde und die Bergarbeiter alle entlassen wurden. Also dachten sie, wenn man schon des Weltfriedens wegen eine Atombombe bauen und abwerfen kann, dann kann man damit vielleicht auch den Arabern zeigen, daß wir uns unsere Lichter abdrehen, wann wir das wollen, und so lange bleiben sie an.

Der Witz daran war, daß ziemlich viele dagegen waren und sich über Atomkraft stundenlang aufregen konnten. Matz hatte die Atomkraft in der Schule gehabt und war auch dagegen, aber weil meine Eltern mit Sheila und dem Detektiv beschäftigt waren, bekamen sie davon nichts mit, und ich bekam zwar einen Teil davon mit, weil wir in dasselbe Gymnasium gingen, aber ich wollte meinen Eltern lieber nicht so viel davon erzählen, weil es mir damit genauso erging wie mit dem Aufsatz über die Glücksansprüche im Kapitalismus: In der Schule war mir irgendwie einleuchtend, wie sich Matz und seine Freunde benahmen, aber in die Firmensiedlung wollte es nicht so recht passen.

Sie hatten eine Gruppe gegen Atomkraft gegründet und gingen deshalb statt zum Unterricht lieber in einen Flippersalon. Matz kam der Flippersalon sehr entgegen, weil er mit dem Gymnasium nichts am Hut hatte und lieber die Schule schwänzte, jedenfalls die Stunden, in denen sie keine Atomkraft hatten.

Dann wurde ihnen der Flippersalon zu teuer, und sie gingen zu Helmi. Helmi war die Atomkraft nicht unbedingt ein Dorn im Auge, weil sie eher für die Gerechtigkeit war, und wenn alle gleichmäßig diese Atomkraft hätten, wäre es nicht so schlecht, fand sie, aber sie war gerade Vertrauenslehrkraft, und als Vertrauenslehrkraft war ihr der Flippersalon nicht recht. Matz und seine Freunde gingen also zu Helmi und beklagten sich darüber, daß der Hai von einem Flippersalonbesitzer ihnen das Geld aus der Tasche ziehen würde, und Helmi sagte etwas von Schulpflicht, aber die Jungen konnten ihre Freistunden herzählen und wußten nicht, wohin in den Freistunden, obwohl sie natürlich nicht nur in den Freistunden zum Flippersalon gingen, sondern wegen der Atomkraft ganz allgemein und dem Widerstand dagegen, aus dem mit der Zeit und den Unmengen von Zweimarkstücken, die sie in die Flipperautomaten steckten, ein Widerstand gegen den Kapitalismus geworden war, den sie mit Hilfe ihres Atomkraftlehrers inzwischen einen Staatskapitalismus nannten und abzuschaffen entschlossen waren, weshalb sie die Schule schwänzten, aber das genau war eben der Teufelskreis, denn um die Schule schwänzen und Widerstand leisten zu können, brauchten sie diese Unmengen von Zweimarkstücken, und irgendwie machten sie Helmi klar, daß sie den Teufelskreis leicht durchbrechen könnten, wenn sie einen Flipperautomaten bekämen und in den Freizeitraum stellen könnten, dann wäre allen gedient, die Atomkraft-Nein-Danke-Gruppe brauchte nicht mehr dem Flipperhai das Geld in den Rachen zu werfen und würde am

Klingeln der Schulglocke bequem hören, wann die nächste Stunde nach der Freistunde beginnt, und auf die Art wäre sogar der Schulpflicht auch noch geholfen, die man leichter versäumt, wenn man im Flippersalon nicht am Klingeln hört, daß die nächste Stunde in fünf Minuten beginnt.

Helmi sagte, so viel Dreistigkeit muß man belohnen, aber es wurde dann doch kein Flipperautomat angeschafft, weil das Kultusministerium Flipperautomaten nicht als Lehrmittel anerkannte. Immerhin wurde die Atomkraft-Nein-Danke-Gruppe mit der Renovierung des Freizeitraums beauftragt, und hinterher sah er ähnlich aus wie der Partykeller bei Sandra, wenn wir ihn partyreif angemalt hatten. Es wurde ein altes Sofa aufgetrieben und in den Freizeitraum gestellt; jemand fand unter den doppelt angeschafften Dingen, die bei ihm im Keller eingelagert waren, einen riesigen Fernseher, und danach gingen eigentlich nur noch die in die Unterrichtsstunden, die ein Referat halten mußten oder das Gefühl hatten, sie sollten sich da mal blicken lassen.

Jakob hielt ein Referat über die französische Volksfrontbewegung, ich hielt ein Referat darüber, wie sie im »Zauberberg« mit dem Schlitten ihre Leichen wegschaffen, damit keiner merkt, es ist wieder einer gestorben, Matz wurde im Freizeitraum mit einem Joint erwischt, Lus Vater hätte sich auch gern einen Aufkleber an die Wohnungstür geklebt wie unsere neuen Nachbarn, aber Bienchen fand, dafür wäre er wohl zu alt; meine Mutter sagte, daß die neuen Nachbarn nicht einmal richtige Möbel hätten, sondern auf Kissen hausten, und ihre Kinder dürften ihre Miracoli mit den Fingern essen und auf dem Tisch herumtanzen, mein Vater sagte fast gar nichts mehr, sondern pustete seine Zündkerzen durch, und Sheila rief manchmal an und sagte, er solle sich versetzen lassen. Danach raufte er sich die Haare. Jakob und Lu und ich machten das Abitur und rechneten unsere Abiturnoten mit dem Taschenrechner bis auf die vierte Stelle hinter dem Komma aus, um zu wissen, was wir studieren würden, meine Mutter heulte wegen dem Joint, nach dem sie zum Elternsprechtag bestellt worden war, und seitdem sagte Matz, daß er am liebsten alles hinschmeißen und abhauen würde, und ziemlich genau das sagte mein Vater auch, wenn er sich lange genug die Haare gerauft hatte, aber die erste, die ging, war dann doch ich, und danach erst ging mein Vater, und es war klar, daß nichts mehr so weitergehen würde, wie alle in den letzten zehn Jahren gedacht hatten, daß es gemütlich immer weitergehen würde, obwohl es schon längst geknallt hatte und nach einem Knall alles anders ist, aber das kam erst sehr viel später, und als es dann kam, taten alle furchtbar erstaunt, dabei hätte man es längst wissen können, aber es ist eben eine Frage des Glaubens, und solange man daran glaubt, tut es, als ginge es weiter, selbst wenn es nicht funktioniert.

*

An der Uni gab es Basisdemokratie. Sie war etwas ungewohnt, weil gleich mehrere hundert Leute damit beschäftigt waren, und wenn wir in der Schule mit Demokratie zu tun gehabt hatten, waren wir höchstens ein Leistungskurs, also nicht mehr als zwanzig gewesen. Basisdemokratie geht so, daß eigentlich alle sich um 14 Uhr in einem riesigen Saal versammeln wollen, dann kommen sie erst nicht, dann tröpfeln sie langsam ein, und eine Stunde später geht es damit los, daß einer nach vorne rennt und etwas ins Mikrophon sagt, dann rennt der nächste vor und wird etwas lauter, das Mikrophon pfeift, daß einem noch Stunden danach die Ohren sausen, keiner kann bei dem Pfeifen irgendwas verstehen, und schließlich brüllen alle anderen auch ohne Mikrophon in der Gegend herum, die Sache wird sehr laut, weil es so pfeift und weil sich sechshundert Leute nicht darauf einigen können, ob es gut ist, daß jemand ermordet worden ist, selbst wenn er ein Bonze war, und die einen finden, daß man nicht nur einen einzelnen Bonzen, sondern am besten gleich alle ermorden soll, die anderen finden, daß Mord vielleicht nicht die optimale Methode ist, um Bonzen loszuwerden, weil für jeden ermordeten Bonzen sofort einer antritt, der ihn ersetzt, und die dritten finden, daß vielleicht dieser einzelne Bonze zu Recht ermordet worden ist, aber daß man vor allem erst einmal streiken sollte, bevor man sich darüber weiter Gedanken macht, weil die Uni die Basisdemokratie am liebsten verbieten würde, und zunächst einmal muß die Basisdemokratie durchgesetzt und gesichert werden, bevor man sich dann an die Bonzen macht, und zuletzt sind alle wütend und brüllen sich fürchterlich an, und jedesmal wenn ich in den großen Saal mit der Basisdemokratie ging, hatte ich Mühe herauszufinden, was sie dort taten, weil sie alle zur gleichen Zeit brüllten und keiner keinen verstand.

Manchmal kam die Basisdemokratie auch in unseren Saal, wenn wir gerade Vorlesung hatten. Vorlesung war fast so schön wie Kino. Vorne im Raum stand einer und erzählte, und nach einer Weile war er fertig und sagte, wo man es nachlesen könnte, wenn man das wollte; und ich wäre ganz gern an der Uni gewesen, wenn nicht die Basisdemokratie regelmäßig dazwischengeplatzt wäre und mit verteilten Rollen gesagt hätte, daß der Kapitalismus mitsamt den Bonzen am nächsten Mittwoch zu Fall gebracht werden würde. Einer aus der Vorlesung sagte dann manchmal, haut doch ab, ihr Idioten, laßt uns doch hier in Frieden, aber die Basisdemokratie schrie, daß es keinen Frieden geben kann, solange wir unseren Stoff bloß pauken, weil das von oben verordnet wird, und daß wir uns statt dessen solidarisieren sollten, und schon schaukelte sich die Stimmung hoch, weil in der Vorlesung Leute saßen, die die Vorlesung hören wollten, anstatt sich zu solidarisieren. Besonderen Krach mit der Basisdemokratie handelten sich die ein, die sagten, aber nächsten Mittwoch ist hier eine Klausur, dann eskalierte die Stimmung, und manchmal wurde die Polizei geholt.

Ich hätte gern an die Basisdemokratie geglaubt, weil da einiges los war, was ich vorher gar nicht kannte, aber sie endete regelmäßig in Chaos und Handgemenge, und außerdem hatte ich das Gefühl, daß sie mit dem Rest der Welt eigentlich nicht viel zu tun haben wollte.

Der Rest der Welt war für Leute, die aus Firmensiedlungen kamen, etwas befremdlich, aber vielleicht war er für alle anderen auch befremdlich, weil zu der Zeit der Rest der Welt anfing auseinanderzufallen. Zwar taten immer noch alle, als ginge es immer so weiter, nur kam es mir vor, als glaubte keiner mehr wirklich daran, und also hörte es allmählich auf zu funktionieren.

Wie immer, wenn der Rest der Welt befremdlich wird, gehen die Leute in Gruppen, weil man da besser an etwas glauben kann, als wenn man nur allein mit sich selbst an etwas zu glauben versucht. In der Gruppe ist es einfacher: Alle glauben an etwas, und also wird es schon funktionieren, nur ist es natürlich schwierig ohne den lieben Gott, also gab es an der Uni sehr viele Gruppen. Lu zog in eine WG, in der lauter Frauen wohnten und zu einer Gruppe gehörten. Mittwochs trafen sie sich, besprachen, daß alle Männer Schweine sind, erzählten sich, was sie in der vergangenen Woche mit Männern für Schweinereien erlebt hatten, und beschlossen, sich nicht weiter von Männern unterdrücken zu lassen. Siggi wohnte im Wohnheim und war in der Knastgruppe wegen der Gerechtigkeit und weil es gemein war, daß Straftäter eingesperrt waren und natürlich sofort wieder was verbrechen würden, sobald man sie entlassen hätte, weil sie im Knast erst richtig lernten, wie man etwas verbricht, und am liebsten hätte Siggi mit Straftätern in einer Wohngruppe gewohnt, damit die Straftäter lernten, nichts mehr zu verbrechen, aber es gab nur zwei solche Projekte, und Siggi bekam dort keinen Platz.

Jakob blieb in der Firmensiedlung. Er sagte, ich kann meine Mutter nicht mit dem Alten allein lassen, das gibt Mord und Totschlag, und Jakobs großer Bruder blieb auch in der Siedlung, weil er zu nichts zu gebrauchen war, und auf die Art gab es tatsächlich eines Tages fast Mord und Totschlag, weil Jakob Chemie studierte und in eine Gruppe ging. Die Gruppen in der Chemie waren auch basisdemokratisch, obwohl sie sich nicht damit befaßten, ob Bonzen ermordet werden sollten oder nicht oder wie man Straftäter davon abhält, gleich nach der Entlassung sofort wieder was zu verbrechen. Den Chemiegruppen ging es eher darum, daß die Welt demnächst untergehen würde, wenn alles so weiterginge wie bisher, und das hatte zwar schon in dem Buch gestanden, das wir längst durch Helmi kannten, aber es war eben alles einfach so weitergegangen, und deshalb war das Buch jetzt immer noch aktuell, und in den Chemiegruppen untersuchten sie alles mögliche und fanden heraus, daß wir praktisch schon längst vergiftet waren, in vergiftete Schulen gegangen waren, vergiftete Fische gegessen hatten und demnächst unseren künftigen Kindern vergiftete Muttermilch anbieten würden, und das alles war noch nicht der Schock für Jakob, sondern der Schock kam, als in seiner Gruppe entdeckt wurde, daß unsere Väter, also Jakobs Vater auch, schuld an der ganzen Vergiftungsmisere wären.

Ich traf Jakob manchmal in der Uni-Kantine, und jedesmal wenn ich ihn traf, hatte seine Chemiegruppe wieder ziemlich düstere Untersuchungen mit düsteren Ergebnissen hinter sich und stellte sich darauf ein, daß die Welt an diesen Ergebnissen demnächst untergehen würde, aber zu Mord und Totschlag wäre es zwischen ihm und seinem Vater deshalb noch nicht gekommen, dazu kam es erst, als unsere Väter plötzlich daran schuld gewesen waren, vielmehr als Jakob begriff, daß unsere Väter daran schuld gewesen waren. Ich sagte, Jakob, das ist doch wohl nicht dein Ernst, aber er sagte, das ist sogar mein bitterer Ernst, und ich ließ mir die Sache erklären. Es hing mit der Sprühsahne damals zusammen, die unsere Väter erfunden hatten, und ich sagte, das glaubst du doch selbst nicht, weil ich mich erinnerte, wie die Männer in der Siedlung aus dem Häuschen gewesen waren und ihre Autos selbst geputzt hatten, anstatt ihre Kinder putzen zu lassen, nachdem sie das Sprühzeug erfunden hatten, aber Jakob sagte, das war alles andre als harmlos.

Seine Chemiegruppe forschte danach etwas genauer, was unsere Väter sonst noch erfunden hatten, und da sie nicht zur freien Wirtschaft gehörte, sondern zur staatlichen Uni, hatte sie nicht sehr viel Geld, und vor allem fand sie nur sehr schwer jemanden, der Lust hatte, von ihren Forschungsergebnissen zu berichten, und jedesmal, wenn ich Jakob in der Kantine traf, war er wieder ein bißchen grimmiger als zuvor. Natürlich macht es dich sauer, wenn du das rausfindest, und keine Sau interessiert sich dafür, sagte Jakob, und nachdem er noch ein paar mehr Sachen in seiner Gruppe untersucht hatte, die unsere Väter erfunden hatten, stellte er seinen eigenen Vater zur Rede, warum er die Welt zerstören wollte. Jakobs Vater hatte schon genug damit zu tun, daß mehr oder weniger er es gewesen war, der seinen ältesten Sohn verkorkst hatte, und er fand, daß man es lieber dabei belassen und ihm nicht den Weltuntergang auch noch anhängen sollte, und besonders ärgerte ihn, daß es ausgerechnet sein eigenes Fleisch und Blut war, das ihm den Weltuntergang anhängen wollte, aber Jakob spitzte den Krach auch noch zu. Er sagte, daß er es seinem Vater persönlich anlasten würde, daß dieser Vater ihm, Jakob, die Zukunft gestohlen habe, und Jakobs Vater sagte, er sehe keinen Zusammenhang zwischen der Sprühsahne und Jakobs Zukunft, aber da hatte Jakobs Chemiegruppe inzwischen schon einige andere Forschungen überprüft, die die Firma in Zaire und Argentinien hatte machen lassen, und Jakob sagte, warum bloß in Afrika und Südamerika. An der Stelle ging Jakobs Vater unter die Decke, und Jakob sagte später, zum Glück hat er gerade nichts in der Hand gehabt, womit er nach mir hätte schmeißen können.

Aber natürlich warf er ihn raus, weil schließlich er nichts dafür konnte, daß die Firma in Argentinien forschte, und er sich nicht von seinem eigenen Fleisch und Blut einen Strick daraus drehen lassen wollte.

Mein eigener Vater wohnte inzwischen in einem Haus und hatte es nicht geschafft, daß Sheila sich versetzen ließ, deshalb hatte er eine Frau aus dem Tischtennisverein, die auch in der Firma arbeitete, aber nicht bei ihm wohnte, weil er offiziell nicht geschieden war und es sich nicht leisten konnte, als Führungskraft in wilder Ehe zu leben. Mändi wiederum konnte es sich schon gar nicht leisten, in wilder Ehe mit einer Führungskraft zu leben, weil sie eine Frau und keine Führungskraft war, und wollte meinen Vater heiraten, und nach einiger Zeit hatte mein Vater es so weit hinbekommen, daß die Firma es erlaubte, daß er sich scheiden ließ und Mändi heiratete, obwohl die Firma es nicht gerne sah, wenn Leute, die dort angestellt waren, auch privat miteinander zu tun bekamen, und Heiraten war der Firma suspekt.

Ich hatte anfangs einige Monate bei Sandra gewohnt,

aber Sandra flog ziemlich bald nach der Schule aus der Kurve. Ich glaube, sie wollte aus der Kurve fliegen, weil sie es nicht so gut aushielt, daß ihre Eltern Bourgeoisie waren, und Sandra war für Gerechtigkeit. Ihre Eltern fanden es nach wie vor süß, wenn Sandra Leute in den Partykeller einlud oder einfach so dahin mitbrachte, Sandra war das hübscheste Mädchen, das es gab, und es fiel ihr nichts leichter, als irgendwo Leute aufzugabeln und in den Partykeller zu bringen. Ich hatte im ersten Stock ein kleines Zimmer, weil es schwer war, eine Wohnung oder etwas zum Wohnen zu finden, sobald man erst einmal an der Uni war und jeder Vermieter dachte, man würde sich nicht waschen und das Treppenhaus nicht ordentlich wischen, aber Sandras Eltern hatten nichts dagegen, daß ich zur Überbrückung bei ihnen wohnte. Sandra und die Leute, die sie mitbrachte, strichen ein paarmal den Partykeller um, und dann strichen sie ihn nicht mehr, sondern hörten Musik mit Lichtreflexen, die einen ziemlich an die Welt im Jahr 2000 erinnerten. Sie schliefen auch da, und immer waren welche dabei, die Musik hörten, und die anderen schliefen, und manche gingen wieder, wenn sie wach wurden, und andere kamen, ohne daß Sandra gewußt hätte, wer das gewesen war, weil sich der Keller allmählich herumsprach, und ich kam mir komisch vor, da zu wohnen und in die Uni zu gehen, aber nicht in den Partykeller mit den wechselnden Leuten darin. Ich mochte auch nicht die Sachen essen, die immer im Kühlschrank lagen, und einmal sagte ich Sandras Mutter, ich kann doch nicht einfach bei Ihnen an den Kühlschrank gehen und mich so mir nichts, dir nichts bedienen. Sandras Mutter sagte, aber Liebchen, dazu ist er doch schließlich da, und es war sehr freundlich bei ihnen, nur daß ich lieber nicht da leben wollte, sondern eine Wohnung suchte.

Manchmal fuhr ich zu meinem Vater in sein neues Haus, und mein Vater war nicht so sehr mit dem Weltuntergang beschäftigt, wegen dem Jakob aus der Firmensiedlung rausgeflogen war, sondern eher mit seinem eigenen, weil er allein in seinem Haus saß und nicht wußte, wie alles geht. Er sagte, es ist grauenhaft, so zu scheitern, und ich dachte, er meinte meine Mutter und die Trennung und Sheila, dieses jahrelange Gemisch aus Stimmung und Heulen und Streit, aber dann zeigte er mir seine Küche und machte die Schränke auf, und in jedem einzelnen standen so viele Flaschen, daß keine Flasche mehr hineingepaßt hätte, die Flaschen waren samt und sonders leer, und es stellte sich heraus, daß er nicht wußte, wohin mit all diesen leeren Flaschen. Ich sagte, an Pfandflaschen muß man nicht scheitern, aber es waren nicht nur die Pfandflaschen, sondern die ganze Midlife-crisis. Es ist eine Midlife-crisis, sagte mein Vater, weil du mittendrin plötzlich die Orientierung verlierst, und ich sagte, die Pfandflaschen bringen wir einfach weg, aber mein Vater wollte sie nicht wegbringen, und Mändi wohnte noch nicht bei ihm, und als sie später bei ihm wohnte, wollte sie auch keine Pfandflaschen wegbringen, weil sie gehört hatte, daß Frauen auf die Weise unterdrückt werden, und irgendwann hatte ich keine Lust mehr, die Pfandflaschenfrage immer wieder serviert zu bekommen, ich dachte, die Stimmung kenne ich von zu Hause, und ich fuhr nicht mehr hin. Manchmal sagte mein Vater, hast du jetzt eigentlich eine eigene Wohnung, und ich sagte, das ist nicht so leicht, wie du denkst. Mein Vater sagte, das kann doch wohl nicht so schwer sein, und einmal sagte ich, wenn du mir möglicherweise eine Bescheinigung geben könntest, weil die Vermieter von allen, die an der Uni waren, am liebsten solche Bescheinigungen vorliegen hatten, daß ihre Väter notfalls die Miete zahlen würden und womöglich auch noch den Friseur, aber mein Vater sagte, daß er genaugenommen selbst so eine Bescheinigung bräuchte und es grauenhaft fände zu scheitern und daß er aber im Augenblick für sich selbst nicht weiterwüßte mit seiner Midlife-crisis und Mändi und den Pfandflaschen und dem ganzen heillosen Durcheinander, das er vermutlich selbst angerichtet hatte. Ich dachte an Jakob und an die Sprühsahne, aber mein Vater tat mir so leid, daß ich ihn nicht danach fragte.

Ich kaufte mir freitags eine Zeitung und schaute, ob Wohnungen darin standen, die für mich in Frage kamen, und die meisten kamen nicht in Frage, und wenn eine in Frage kam, fuhr ich hin, und es waren außer mir sehr viele Leute auch hingefahren, und danach wohnte ich weiter bei Sandra, obwohl ich mich dort nicht an den Kühlschrank traute.

Ich merkte, daß es nicht günstig war, wenn ich den Vermietern sagte, daß ich an der Uni war, und also brauchte ich eine Arbeit, weil ich dann sagen konnte, daß ich das und das machte und nicht etwa an der Uni war. Ich suchte also freitags in der Zeitung nicht nur nach einer Wohnung, sondern auch nach einer Arbeit, und schließlich fand ich zuerst eine Arbeit und dann eine Wohnung.

In dieser Zeit fing ich an, über Geld nachzudenken, gerade als alle überhaupt nicht über Geld nachdachten, sondern über den Weltuntergang, weil sich irgendwie herumsprach, daß die Sprühsahne unserer Väter ein Loch in den Himmel gerissen hatte und wir alle schon längst vergiftet waren und wegen des Lochs im Himmel demnächst einen Hautkrebs kriegen oder von der Atomkraft erledigt würden. Eine Menge Leute gingen nach Indien, lernten seelisches Gleichgewicht und zogen orangefarbene Kleider an, aber im wesentlichen passierte gar nichts, außer daß viele von den zu Hause gebliebenen Leuten gelegentlich an einer Atomkraft-Stelle zusammenkamen und Nein-Danke sagten, und weil sie an irgend etwas außer dem Nein-Danke glauben wollten, zündeten sie auch noch Kerzen an, als wäre die Sache mit dem lieben Gott nicht schon lange aus der Welt.

Meine Mutter mußte aus der Firmenwohnung raus, weil sie nach der Scheidung kein Recht mehr hatte, in der Siedlung zu wohnen, und mein Vater brauchte all sein Geld für sein Haus und für Mändi, also hatte meine Mutter kein Geld. Es war aber nicht Kein-Geld wie früher, als alles angefangen hatte, sondern es war bloß einfach kein Geld ohne Zukunft für die Kinder, und meine Mutter sagte, wer hätte das gedacht, daß ich in meinem Alter noch einmal von vorne anfangen muß. Sie sagte, daß ich in meinem Alter noch mal mit Orangenkisten anfangen muß, und ich sagte, ich kann mich nicht erinnern, daß du es je mit Orangenkisten versucht hättest, und sie rief Tante Evchen an und sagte, daß sie nicht mit Orangenkisten leben wollte. Tante Evchen sprach mit Onkel Karl, und danach rief meine Mutter mich an und wollte mit mir neue Möbel kaufen.

Ich weiß überhaupt nicht, was mit den Möbeln passiert ist, die meine Eltern vorher hatten, sie haben sich einfach aufgelöst wie alles, was vorher war, weil Mändi die Möbel aus erster Ehe nicht leiden konnte und meine Mutter weder Orangenkisten noch die alten Möbel bekam, sondern wir beide neue kauften, und alles, was vorher gewesen war, war einfach mit einem Mal weg und wie nie gewesen. Nur Matz behielt sein Kinderzimmer, obwohl er inzwischen ein bißchen herausgewachsen war, aber es war ihm egal. Matz war alles ziemlich egal, er sagte, was soll ich machen.

Ich fand Arbeit in einem Kaufhaus in der Damenoberbekleidung und eine winzige Wohnung in der Nähe der Uni. Das Schöne an der Damenoberbekleidung war der Personalaufzug, der kein Aufzug war, sondern ein Paternoster; man tritt auf die Plattform, und dann kann man endlos hoch und runter fahren, es ist ein bißchen wie Karussell, nur langsamer als Karussell, und außerdem durfte man es in der Damenoberbekleidung natürlich nicht machen, weil man dort nicht zum Paternosterfahren angestellt war. Das Schöne an meiner Wohnung war, daß ich aus beiden Fenstern Bäume sah. In der Firmenwohnung hatte ich aus meinem Fenster auf die Fenster gegenüber geguckt, und gegenüber hatten sie auf mein Fenster geguckt, und auf die Art wußten sie mehr über mich, als ich mochte, und ich wußte mehr über sie, als ich mochte, und wenn ich nicht wollte, daß sie mir aufs Fenster gucken, mußte ich den Rolladen runterlassen, und so machten sie es auch, aber jetzt hatte ich keinen Rolladen mehr, sondern richtige Bäume, und wenn der Mond schien, waren sie sogar nachts zu sehen.

Ich hatte nicht gelernt, daß Leben Geld kostet. Die Firmenwohnung hatte beinahe gar nichts gekostet, niemand hatte darüber gesprochen, und außer den PS war eigentlich alles gewesen, als wäre es umsonst, oder es hatte Streit gegeben, und deshalb hatte mich Geld niemals interessiert, außer in der Frage des Kapitalismus, die aber eher Helmis

Domäne gewesen war, aber jetzt fing es an, mich zu interessieren, weil ganz offenbar der Kapitalismus tatsächlich alle, die damit zu tun bekamen, kreuzunglücklich machte und scheitern ließ, und außerdem konnte ich machen, was ich nur wollte, nie hat das Geld gereicht, also war der Kapitalismus nicht nur ein sicheres Mittel zum Unglücklichsein, sondern so weit kam es gar nicht erst, weil er schlechterdings nicht funktionierte, obwohl ich mir an drei Tagen in der Woche die Beine in den Bauch stand, und trotzdem gelang es mir nie, so einfache Dinge wie Miete und Strom und Gas zu bezahlen, vom Telefon ganz zu schweigen.

Eines Tages rief Helmi an und sagte, könntest du nicht ein paar Kindern aus der siebenten Klasse wieder ein bißchen Unterricht geben. Ich hatte mein Mofa verkauft, als ich eine Wohnung brauchte, und mir fiel ein, daß ich früher wegen des Unterrichts reich gewesen war und Schnecken in Restaurants essen konnte, also sagte ich zu und bekam Stephan und Franziska. Stephan kam jeden Abend, und anschließend rief seine Mutter an und fragte mich nach den Fortschritten, die er machte. Stephans Eltern gehörte eine Metzgereikette, und als Stephan anfing, Fortschritte zu machen, brachte er jeden Abend ein kleines Päckchen mit. In den Päckchen war abwechselnd Gelbwurst oder Jagdwurst oder Fleischwurst und manchmal ein kleines Schweineschnitzel. Franziska kam nur am Samstag, und als sie ihre Versetzung schaffte, schenkte sie mir eine Kletterpflanze für den Balkon. Ich sagte, das ist nett, aber ich habe gar keinen Balkon, weil meine Wohnung eine Mansarde war. Die Kletterpflanze kletterte trotzdem einfach los, und als sie einmal um mein Küchenfenster herumgeklettert war, blühte sie, und es waren lauter blaue Blüten.

Ich mochte es sehr, daß Stephan mir immer die Päckchen mitbrachte, und manchmal, wenn ich seiner Mutter berichtet hatte, daß er Fortschritte machte, fragte ich, was man mit Schweineschnitzeln noch machen könnte, außer sie einfach zu braten.

Meine Mutter hatte mit Kochen nichts anfangen können, aber Stephans Mutter wußte alles, was man mit Schweineschnitzeln machen konnte, und sie wußte sogar, was man mit Gelbwurst und Jagdwurst und Fleischwurst machen konnte, und als ich zum ersten Mal Wurstsalat machte, begann ich, an etwas zu glauben.

Die Kletterpflanze blühte um mein Küchenfenster herum; ich hatte noch nie an etwas geglaubt, seit die Schokoladenriegel und die Hexenhühnereier in der Freiheit und dem winzigen Zimmer damals untergegangen waren, und der Wurstsalat schmeckte nicht wie Jagdwurst, sondern wie etwas anderes, etwas ganz eigenes, die Kletterpflanze war so sinnlos wie der liebe Gott, aber sie blühte, und es war mir egal, daß ich am nächsten Tag wieder in die Oberbekleidung mußte und danach dicke Beine hätte, weil ich mich dort nicht hinsetzen durfte. Ich fing plötzlich an, an etwas zu glauben, was ganz bestimmt kein Geld war, sondern mit Kletterpflanzen und Wurstsalat zu tun hatte, obwohl ich noch lange nicht wußte, was es war, woran ich zu glauben begann, aber es war da, und nachdem es da war, wurde das Leben erst richtig kompliziert, weil es noch lange nicht funktioniert, wenn einer für sich selbst an etwas glaubt, ohne in einer Gruppe zu sein oder wegen des seelischen Gleichgewichts nach Indien zu fahren, und schließlich konnte ich Lu nicht gut sagen, die Frauenunterdrückung ist eine feine Sache, aber ich glaube an Wurstsalat und an Kletterpflanzen; Lu hätte mich angesehen, als wäre ich eine Irre; und Jakob glaubte daran, daß man das Loch im Himmel vielleicht wieder zunähen könnte, wenn seinem Vater bloß endlich das Handwerk gelegt würde, es war ein finsterer Glaube, weil andernfalls uns allen der Weltuntergang drohte, die Welt im Jahr 2000 war längst überholt von der Wirklichkeit, in der Uni brachten sie uns bei, daß die Geschichte überhaupt inzwischen zu Ende wäre und keiner auf uns gewartet hätte, und ich saß da und glaubte. An Wurstsalat und meine Kletterpflanze.

Nachdem ich alles wußte, was man mit Schweineschnitzeln machen konnte, fing ich an, mehr wissen zu wollen.

Ich fuhr nicht mehr zu meinem Vater in das Haus mit

den vielen Flaschen und Mändi, aber manchmal wollte er mich treffen, weil Mändi seine Midlife-crisis nicht gut ertrug, sie war einfach ein bißchen zu jung, um eine Midlife-crisis ertragen zu können, und dann wollte er die Midlife-crisis mit mir besprechen; er rief an und sagte, was hältst du davon, wir gehen mal richtig schick aus. Dann gingen wir in ein Restaurant und aßen gedünsteten Fisch mit rosa Pfeffer. Mein Vater gab dem Kellner anschließend seine Plastikkarte, und es war nicht unendlich viel Geld wert, was der Fisch gekostet hatte, sondern ziemlich genau meine Miete. Einmal sagte ich, deine Mutter; ich glaube, ich wollte von den Pfifferlingen anfangen, an die meine Großmutter geglaubt hatte, aber er wollte von seiner Mutter nichts hören, sondern sagte, das Schönste in meinem Leben war, wie ich ihr früher, und ich wußte, daß er ihr früher das Pflaumenmus aus dem Keller geklaut hatte. Aber dann sagte er, man ißt hier wirklich ganz gut, nahm seine Plastikkarte und legte dem Kellner sein Trinkgeld hin. Kein Grund zum Klagen, sagte er, wenn ihm klar wurde, daß er ein hohes Trinkgeld hingelegt hatte, und außerdem hatte er mir alles über die Midlife-crisis erzählt und war danach erleichtert, obwohl ich ihm auch nicht dagegen helfen konnte, daß Mändi unbedingt Kinder wollte. Ich bin mit dem Zirkus durch, sagte er, und ausgerechnet jetzt fängt sie davon an und gibt partout keine Ruhe. Ich kann mir keine Familie mehr leisten. Manchmal versuchte er, sie davon abzubringen, und fuhr mit ihr nach

Kenia oder Thailand oder sonstwohin, und sie fand es ganz nett, dort hinzufahren, aber sobald sie wieder zurück waren, fing sie wieder an, und schließlich setzte sie einfach die Pille ab, ohne ihm etwas davon zu sagen.

Als mein Vater mir das erzählte, hatte er keine Lust, richtig schick auszugehen, sondern er rief an und sagte, er käme vorbei. Er war noch nie vorbeigekommen, also war ich besorgt, weil es bestimmt nichts Angenehmes war, weshalb er vorbeikommen wollte, und als er reinkam, sah er sich um und sagte, meine Güte, warum nimmst du dir keine richtige Wohnung, aber er wollte nicht wirklich wissen, warum ich mir keine richtige Wohnung nähme, sondern erzählen, daß er vor vollendete Tatsachen gestellt worden sei. Einfach so, sagte er, setzt die einfach die Pille ab, ohne mir was zu sagen, und was er jetzt tun sollte. Ich wußte es auch nicht, und dann fragte er, ob ich vielleicht einen Cognac hätte, aber ich hatte keinen. Erzähl bloß nichts davon deiner Mutter, sagte er zum Schluß, und daran hatte ich auch schon gedacht, aber er sagte nicht, daß ich bloß nichts davon Matz erzählen sollte; schließlich ging er, und irgendwem mußte ich es erzählen, weil es mir merkwürdig vorkam, und nachdem ich es Matz erzählt hatte, sagte Matz, nicht daß ich mich da reinhängen möchte, aber irgendwann wird sie es so oder so erfahren, weil meine Mutter zwar nicht mehr sehr viele Leute aus der Firmensiedlung kannte, aber es war klar, daß sie es irgendwie erfahren würde, wenn sie zum Friseur oder Zahnarzt ginge, also sagte lieber Matz es meiner Mutter, und danach war sie reif für eine Kur.

Eines Tages klingelte es unangemeldet, und Matz stand mit einer Reisetasche vor der Tür. Ich sagte, so geht das nicht, Matz, du gehst schließlich noch zur Schule, ist dir das eigentlich klar, aber Matz sagte, wenn er die Schule irgendwie schaffen wolle, müsse er irgendwo hin, wo er halbwegs ungestört sein könne, und also wohnte er fortan bei mir, und ich versuchte, ihn nicht zu stören, weil ich dachte, er soll die Schule schaffen und lieber nicht vorher schon aus der Kurve fliegen. Einmal in der Woche fuhr einer von uns beiden zu meiner Mutter und sah nach ihr, und es sah aus, als würde sie sich von dem Schock nicht erholen.

Schließlich schaffte Matz die Schule, und mein Vater war davon so überrascht, daß er ihm seine Plastikkarte gab und zwei oder drei Adressen von Leuten, die er in Amerika kannte. Matz war ein paar Monate fort, und als er zurückkam, war er genauso begeistert von Amerika wie vorher mein Vater, er sagte, dort sind die Avocados glatt doppelt so groß, und dann sagte er ständig, hier ist alles bloß popelig. Ich sagte, alles bis auf die Telefonrechnung, weil Matz in Amerika massenhaft tolle Leute kennengelernt hatte, und die Telefonrechnung konnte man nicht mit der Plastikkarte bezahlen, die Matz inzwischen längst zurückgegeben hatte. Von der Damenoberbekleidung und den Unterrichtsstunden war schon die Miete sehr schwer zu bezahlen, obwohl Matz fand, daß meine Wohnung entschieden zu den sehr popeligen Dingen gehörte, die einem erst richtig auffallen, wenn man einmal in Amerika war, wo sie alle große Häuser und Swimmingpools haben. Ich sagte, vielleicht die Leute, die unser Vater kennt, und ich erinnerte mich daran, wie mein Vater gesagt hatte, kannst du dir keine richtige Wohnung nehmen, aber ich kannte mich damit nicht aus, weil ich schließlich nicht in Amerika gewesen, sondern mit so popeligen Dingen wie einer Telefonrechnung schon derartig überfordert war, daß ich sie einfach liegenließ. Danach kam eine Mahnung, und auf der Mahnung stand, daß ich die Rechnung bis Mitte des Monats zu zahlen hätte, und dann war Mitte des Monats, und kurz darauf kam noch eine Mahnung, auf der stand, daß demnächst das Telefon abgestellt würde. Ich fragte Matz, ob ihm irgendwas dazu einfallen würde, aber ihm fiel nichts ein, und ich dachte, ich hätte eigentlich gern einen großen Bruder, dem manchmal was einfallen würde. Statt dessen würde ich demnächst einen noch kleineren Bruder bekommen, oder halt eine Schwester. Irgendwann erinnerte ich mich an die goldene Uhr, die ich zur Konfirmation bekommen hatte, und damit wäre die Telefonrechnung für diesmal beinah erledigt gewesen, weil ich mit der Uhr in ein Leihhaus ging. Es waren eine Menge Leute vor mir dran und gaben die sonderbarsten Dinge ab, die nicht so aussahen, als würde man viel dafür kriegen. Das Leihhaus war ziemlich schäbig, ein bißchen wie eine Arztpraxis von einem sehr alten Arzt, dem seine Patienten langsam wegsterben, es gab eine Theke aus schmuddeligem Resopal, und der Pfandleiher sah selbst aus wie ein alter Arzt, dem inzwischen die Patienten langsam weggestorben waren, er war selber schon ganz grau im Gesicht, und er schaute sich alles mit einer Lupe genau an, jeden Kassettenrecorder und Fotoapparat, und als der Mann, der vor mir dran war, ein Transistorradio aus der Aktentasche zog, sagte er, guter Mann, was glauben Sie, was Sie da haben, und machte mit einer müden Bewegung einen Schrank auf, in dem nichts als Transistorradios gebunkert waren. Der Mann sagte leise etwas, was ich nicht verstehen konnte, und der Pfandleiher zuckte die Schultern. Das ging eine Weile so, und als der Mann schließlich nichts mehr sagte, sondern nur auf seine Schuhe guckte, sagte der Pfandleiher, also gut, und gab ihm etwas Geld, und dann war ich dran und befürchtete, daß ich nicht die erste mit einer goldenen Uhr war, sondern wahrscheinlich in irgendeinem der Schränke massenhaft goldene Uhren lägen, aber der Pfandleiher sah sich mit der Lupe die Uhr lange an, und dann sagte er mir, vierzig Mark. Ich sagte, aber sie ist aus Gold, weil ich mir nicht vorstellen konnte, daß eine goldene Uhr so wenig wert sein könnte, und weil meine Telefonrechnung erheblich teurer war. Der Pfandleiher sagte, daß es billiges Gold sei und daß er sich vor Gold kaum retten könne. Schließlich ging es zwischen uns hin und her wie bei dem Mann, der vor mir dran gewesen war, und am Ende hatte ich sechzig Mark und einen Zettel mit einer Nummer, der aussah wie ein Garderobenschein, und so fühlte er sich auch an.

Dann fiel mir ein, daß meine Eltern, als sie früher an unsere Zukunft gedacht und sich deshalb Sorgen gemacht hatten, für Matz und mich ein Sparbuch bei der Bank in der Firmensiedlung angelegt hatten, als die Bank einmal am Weltspartag damit geworben hatte, daß jeder, der ein Sparbuch bei ihr eröffnen würde, fünf Mark geschenkt bekäme, und ich dachte, ich sollte vielleicht nachsehen, ob auf den Sparbüchern Geld wäre. Ich steckte die sechzig Mark ein und machte mich auf den Weg in die Firmensiedlung. Ich nahm keine Straßenbahn, weil ich dachte, ich sollte das Geld zusammenhalten und nicht für die Straßenbahnkarte verplempern, und ich hatte etwas Zeit, weil Stephan erst am Abend kommen würde, also ging ich an den Straßenbahnschienen entlang aus der Stadt hinaus und das letzte Stück durch den Wald, für den ich den grünen Gürtel gemacht hatte, ohne ihn je zu brauchen, und ließ zwölf Straßenbahnen an mir vorbeifahren, ohne in eine einzusteigen. Als ich an dem Haus vorbeiging, in dem wir früher die Wohnung gehabt hatten, schaute ich hoch zum Küchenfenster, und obwohl mir klar war, daß inzwischen nicht mehr dieselbe Gardine am Fenster hängen würde, war ich trotzdem enttäuscht, daß es eine andere war, als ob jemand die Gardinen hängen ließe, wenn er neu irgendwo einzieht. Ich fragte mich, was aus der Küchengardine geworden war. Es war eine ausgesprochen häßliche Küchengardine gewesen, aber jetzt, wo sie nicht mehr da war, war sie mir plötzlich lieb, und im Gehen sagte ich zu mir selbst, jetzt werde mal nicht auch noch sentimental, aber ich war es trotzdem.

Schließlich war ich bei der Bank in der Firmensiedlung. Die Frau am Schalter sagte, um Geld abzuheben, brauchen Sie aber das Sparbuch, und ich sagte ihr lieber nicht, daß ich es gar nicht hätte, weil meine Mutter es für unsere Zukunft aufbewahrt und natürlich in ihrem Unglück vergessen hatte, es uns zu geben, sondern ich sagte, es wäre beim Umzug verlorengegangen. Dann füllte ich einen Zettel aus, auf dem etliche Gründe standen, aus denen man ein Sparbuch möglicherweise nicht mehr haben kann, Diebstahl, Naturkatastrophe und so weiter, und schließlich sagte die Frau am Schalter, das würde sie dann zur Bearbeitung weiterleiten, und ich sagte, ob sie mir nicht wenigstens sagen könnte, ob überhaupt auf dem Sparbuch Geld stehen würde. Sie merkte, daß ich offenbar Geld brauchte, und sah in irgendwelchen Unterlagen nach, und schließlich waren sieben Mark sechsundachtzig auf dem Sparbuch, weil die fünf Mark sich mit den Jahren und Zinsen ziemlich vermehrt hatten, aber sie gab sie mir nicht heraus. Sie war ein bißchen verächtlich, seit sie sieben

Mark sechsundachtzig gesagt hatte, und ich dachte, wahrscheinlich ist es ungehörig, so wenig Geld auf dem Sparbuch zu haben, aber ich war trotzdem nicht niedergeschlagen, und auf dem Rückweg kam ich mir geradezu sehr romantisch vor, weil ich zu Fuß ging und kein Geld hatte, genau wie die Leute früher, als es noch Märchen und Postkutschen gab, und noch im Wald war mir, als müßte ich singen, aber nachdem fünf Straßenbahnen an mir vorbeigefahren waren, wurde ich langsam müde, und in die sechste stieg ich ein, obwohl ich keine Fahrkarte hatte, und den Rest der Strecke hatte ich Angst vor dem Kontrolleur und schaute alle Leute, die einstiegen, danach an, ob sie Kontrolleure wären, aber es war dann keiner dabei, bloß daß es nicht mehr romantisch ist, sondern ein bißchen drückend, wenn man Straßenbahn fährt und denkt, hoffentlich kommt jetzt kein Kontrolleur, und als ich schließlich zu Hause war, war die Telefonrechnung immer noch offen.

Nachdem Stephan gegangen war, rief seine Mutter an und fragte nach seinen Fortschritten, und ich sagte, ich glaube, er wird es schaffen, und danke für das Paket mit der Wurst. Ich konnte inzwischen ungefähr zwanzig Gerichte aus Wurst und hätte zur Abwechslung gern mal den Sohn einer Fischhandlung unterrichtet. In der Nähe der Uni war eine Fischhandlung, aber sie gehörte einer ganz alten Frau, die offenbar keine Kinder und Enkel hatte, jedenfalls nicht im Laden. Sie stand allein in der Fischhandlung, und als sie noch älter wurde und nicht mehr zurechtkam, stellte sie einen Inder ein, weil die Italiener inzwischen alle ihre eigenen Läden hatten oder zurück nach Italien gegangen waren, und die Türken, die danach gekommen waren, blieben meistens unter sich, genau wie damals die Italiener. Im Grunde war es aber gar nicht so schlecht, daß ich Stephan hatte und nicht einen Fischhändlersohn, weil ich noch keinen Kühlschrank hatte, und bei Fisch wäre das schwierig geworden. Matz erzählte von den Kühlschränken in Amerika, gegen die die hiesigen Kühlschränke popelig waren, aber am allerpopeligsten war, daß ich im Winter alle Sachen, die mir nicht schlecht werden sollten, einfach außen an meine Fenster hing und in der Küche aufs Fensterbrett legte, und im Sommer hatte ich nichts zum Außenanhängen, weil Sommerferien waren und Stephan sechs Wochen nicht kam.

Matz war erschrocken, daß ich meine Uhr ins Pfandhaus gebracht und mich auf der Bank nach den Sparbüchern erkundigt hatte. Er sagte, du bist doch schließlich an der Uni. Ich sagte, was hat die Uni mit unserer Telefonrechnung zu tun, und er sagte, du bist doch gut an der Uni. Ich verstand immer noch nicht, was er sagen wollte, aber dann sagte er, wenn man gut an der Uni ist, kriegt man doch ein Stipendium, und ich mußte lachen. Ich sagte, an der Uni sind Tausende Leute, und etliche davon machen es gut, aber du glaubst doch wohl nicht, daß das jemanden interessiert. Matz telefonierte ein paarmal herum, weil er sehr viele Leute aus seiner Flipperzeit kannte, die sich mit allem auskannten, und schließlich hatte er in Erfahrung gebracht, daß man an der Uni Geld kriegt, wenn man selber keines hat, und als ich auf das Amt ging, bei dem man das Geld beantragen konnte, fragten sie mich, wie viel Geld meine Eltern hätten, und ich sagte, keine Ahnung, und damit war die Sache schon ausgestanden, weil wir schließlich längst in der Zukunft waren, und die Zeit, als Eltern sich um die Zukunft der Kinder Gedanken machten, war schon ziemlich lange vorbei, jedenfalls für die jetzigen Kinder. Matz hatte durch die Plastikkarte in Amerika ein etwas anderes Bild von der Wirklichkeit, als es hier üblich war, und als ich am nächsten Tag in der Oberbekleidung war, rief er bei meinem Vater an und erzählte ihm, was mit der goldenen Uhr passiert war, und keiner hätte damit gerechnet, daß mein Vater wegen der goldenen Uhr durchdrehen würde, aber er war derart außer sich, daß Matz den Telefonhörer vom Ohr weghalten mußte, um keine Ohrenschmerzen zu kriegen, und schließlich sagte mein Vater, er müsse sofort mit mir sprechen.

Ich war nach der Oberbekleidung an die Uni gegangen, und als ich nach Hause kam, druckste Matz erst herum, und dann sagte er, daß er es nicht böse gemeint hätte, aber vermutlich hätte er da was losgetreten, und das hatte er. Mein Vater kam nicht am selben Tag, sondern erst am nächsten Wochenende und war inzwischen einigermaßen gefaßt. Er sah sich in der Wohnung um, sagte aber nicht, warum ich mir keine richtige Wohnung nähme, sondern daß er es sich nicht leisten könne, daß seine Tochter ins Pfandhaus ginge. Ich mochte nicht sagen, daß ich mir Matz' Telefonrechnung nicht leisten könnte, und ich mochte nicht einmal andeutungsweise sagen, was ich insgeheim dachte, daß nämlich seine eigene Plastikkarte mit Matz' Telefonrechnung in einer unseligen Verbindung stünde, also wartete ich, wie es weiterginge, und er machte mir klar, was für eine Schande es wäre, ins Pfandhaus zu gehen und ein Familienstück zu verhökern. Ich sagte, was für ein Familienstück, es ist meine eigene Uhr gewesen, aber es war eben nicht meine eigene Uhr gewesen, sondern ein Familienstück. Ich wußte sinngemäß, was Familienstücke waren, weil bei Sandra schauderhafte Standuhren standen und weil ich manchmal zum Flohmarkt ging, und auf dem Flohmarkt wimmelte es nur so von Familienstücken, und ich erinnerte mich daran, wie meine Großmutter gestorben war und alle hinterher das Haus ausgemistet hatten, und bis auf die Pfifferlingsgläser, die ich mir heimlich mitgenommen hatte, war hinterher alles weg gewesen, weil keiner das Zeug von ihr haben wollte, also wäre ich niemals darauf gekommen, daß ich ein Familienstück weggegeben hatte. Ich sagte die meiste Zeit dann lieber nichts mehr, und schließlich gab mein Vater mir sechzig Mark und sagte, du gehst am Montag da hin und holst die

Uhr wieder ab. Dann sagte er, in den Semesterferien verschaffe ich dir einen Job. Ich sagte, ich arbeite doch in der Damenoberbekleidung, und er hatte es wegen der Midlifecrisis und der abgesetzten Pille von Mändi nicht so mitbekommen und sagte, du arbeitest wo, und ich erzählte ihm von dem Paternoster, den ich sehr mochte, das langsame Karussell, und schließlich mußte ich ihm meinen Stundenlohn sagen. Er schüttelte sich angewidert und sagte, das ist gar nichts, und ich erinnerte mich daran, daß niemals jemand über Geld gesprochen hatte.

Am Montag ging ich tatsächlich zum Leihhaus, und als ich dran war, sagte ich, daß ich die Uhr wiederhaben möchte, und schob meine sechzig Mark und den Pfandzettel über den Tresen aus Resopal. Der Pfandleiher sah aus, als hätte er den Zettel und die Geldscheine am liebsten auch mit der Lupe geprüft, dann nahm er einen Block und schrieb mit Bleistift eine Weile darauf herum, rechnete etliche Zahlen zusammen, und schließlich schob er sich den Bleistift hinters Ohr und mir den Block über den Tresen herüber, und es stand darauf, daß ich die Uhr zurückbekäme, wenn ich siebenundachtzig Mark dafür bezahlte. Ich muß ihn ziemlich dumm angeschaut haben. Er murmelte dann halblaut eine Aufzählung von völlig erfundenen Dingen und Zahlen vor sich hin, und schließlich sagte er, macht also siebenundachtzig.

Das war ein wunderbarer Moment, einer der ganz besonders schönen.

Erst merkte ich nicht, daß er wunderbar war, weil mich die siebenundachtzig einigermaßen erschütterten. Ich fing an, etwas sagen zu wollen, aber der Pfandleiher zeigte auf sein Papier, und alles, was ich verstand, war Gebühren. Dann ging ich ins Treppenhaus, und als ich fast unten war, mußte ich plötzlich lachen. Ich dachte, es ist im Grunde das Komischste, was man sich vorstellen kann, und am komischsten ist, daß es ganz offenbar nicht jeder weiß und ich selbst es beinah nicht gemerkt hätte, wie einfach und komisch das ist, aber tatsächlich ist es vollkommen einfach. Jeder einzelne von uns, dachte ich, muß schließlich irgendwann sterben und hat nur das winzige bißchen Zeit zwischen zweimal der schwarzen Nicht-Zeit, einmal vorher und einmal nachher, und man kann dieses bißchen Zeit unmöglich auf albernere Weise verbringen als mit Zahlenkolonnen, die auch noch Zinsen oder Gebühren heißen und eine ganz dumme Sache sind, die es eigentlich gar nicht gibt, und trotzdem tun alle, als gäbe es diese Sache und als müsse ausgerechnet er persönlich nicht sterben, weil er mit dieser Sache beschäftigt ist. Der Gedanke hatte nicht besonders viel damit zu tun, was wir bei Helmi in der Schule gelernt hatten, daß im Kapitalismus unsere Glücksansprüche nicht erfüllt werden, er hatte überhaupt gar nichts mit Glücksansprüchen zu tun, sondern er war das pure Glück selbst, weil er mich in einem schäbigen

Treppenhaus einfach zum Lachen brachte, und als ich mit Lachen fertig war, ging ich in Ruhe zu meiner Bank und bezahlte die Telefonrechnung, und als am Abend mein Vater anrief, um zu fragen, ob ich das Familienstück ausgelöst habe, sagte ich, nein, aber dafür die Telefonrechnung bezahlt, und er legte den Hörer auf und war beleidigt, und Matz war beleidigt, als ich ihm sagte, er müsse fortan woanders telefonieren, wenn er mit den tollen Leuten in Amerika sprechen wollte, und Matz sagte, er hätte sowieso eine Frau kennengelernt, und dort gäbe es einen Fernsehapparat und einen Videorecorder, und im übrigen hätte er selbst Lust, zum Film zu gehen, und kurz darauf nahm er seine Sachen und verschwand, aber er ging nicht zum Film, sondern sah sich ein paar Monate lang sämtliche Videos an, die die Frau hatte, und wenn er genug davon hatte, kam er manchmal zu mir und sah nach, was ich aus den Schweineschnitzeln und der Jagd- oder Fleischwurst gerade machte, und dabei erzählte er mir alles über Western und den »Tanz der Vampire« und das Privatfernsehen, weil die Gegend, in der die Frau wohnte, seit einiger Zeit verkabelt war. Ich wohnte in einer Gegend, die erst ziemlich spät verkabelt wurde, also wußte ich praktisch nichts vom Privatfernsehen, aber je öfter er mir davon erzählte, um so mehr kam es mir vor, als wäre es etwas, das ich nicht unbedingt haben wollte. Ich dachte daran, daß ich früher sehr gern ins Kino gegangen war, wenn ich von dem Jungen, den ich unterrichtete, Kinokarten bekommen hatte, aber Matz sagte begeistert, du gehst einfach tagelang nicht aus dem Haus und knallst dir mit Schrott die Birne zu, und das nach Belieben den ganzen Tag, vierundzwanzig Stunden. Ich sagte, nachts auch, und er sagte, nachts erst recht, und dann erzählte er mir von dem Schrott. Ich sagte, klingt wirklich scheußlich, und er lachte und sagte, und wie, und manchmal sagte er nach dem Essen, ich muß langsam los und den »Weißen Hai« aufnehmen, der kommt um Viertel nach acht.

Nach und nach wurden offenbar alle verkabelt und waren begeistert von dem Schrott, mit dem sie sich die Birne zuknallten, und wenn sie an der Uni nicht gerade Basisdemokratie spielten, redeten sie über den Schrott, und ich kannte ihn nicht und fand es befremdlich, was sie sich erzählten.

Langsam erzählten sie so viel über den Schrott, daß sie aufhörten, sich um die Basisdemokratie zu kümmern. Manchmal waren Wahlen, und schließlich hatte mein Vater es endlich geschafft, die Regierung abzuwählen, ich hatte zu der blauen Kletterpflanze noch einen roten Hibiskus, Jakob hatte das Chemiestudium hingeschmissen, weil es keinen Sinn machte, in der Chemie etwas zu erforschen oder zu erfinden, denn sobald man etwas erfunden hat, kommt die Firma von unseren Vätern und dreht die Erfindung so um, daß sie nicht mehr gut ist gegen den Weltuntergang, sondern nur noch gut für die Firma, und es ist auch egal, ob es die Firma von unseren Vätern ist oder irgendeine, eine beliebige andere. Er hatte es mir erklärt, als wir uns wieder einmal getroffen hatten und einen Kaffee trinken gegangen waren, und er hatte folglich den Glauben verloren, daß man das Loch im Himmel eventuell zunähen könnte, weil das Loch keinen interessierte, sondern nur die Forschungsprojekte in Südamerika und in Zaire; er hatte es aufgegeben, dagegen anzuforschen, und spielte inzwischen in einer Band etwas, das sie Schwermetall nannten, er spielte Schlagzeug und sagte, ich bin jetzt Drummer, das tut endlich mal gut, den ganzen Frust rauszulassen, und sie hatten einen Agenten, der ihnen hier und da Auftritte einfädelte. Er lud mich zu einem ihrer Konzerte ein, und einmal ging ich hin und hörte ihnen in einem ziemlich dunklen Raum zu; es war ungefähr so wie Basisdemokratie, laut und nicht zu verstehen. Anschließend ging das Licht an, und wir tranken Bier, Jakob und die anderen und der Agent und ich. Der Agent sprach pausenlos von Summen, und weil niemand je von Geld gesprochen hatte, staunten alle, wenn er Summen nannte und was für Summen das waren, und alle waren begeistert von dem Agenten und hingen ihm an den Lippen. Ich weiß nicht, ob sie wegen der Summen von ihm begeistert waren oder nur davon, daß jemand davon sprach, aber ich merkte, wie ich nur so dabeisaß und dem Agenten nichts glaubte, weil ich gegen Summen und Zahlenkolonnen und all diese Dinge wegen der goldenen Uhr immun war, und wenn man nicht daran glaubt, sieht man, daß es nicht funktioniert, und natürlich wollte ich davon nichts sagen, weil alle so begeistert waren, aber an dem Abend hörte ich auf, in Jakob verliebt zu sein, weil es mich etwas enttäuschte, daß er bereit war, den Weltuntergang mir nichts, dir nichts seinem Vater zu überlassen, und dann auch noch selbst an die Summen glaubte, von denen dieser Agent dauernd sprach. Ich war nicht direkt eifersüchtig auf den Agenten, aber ich war böse, daß es so leicht war, Jakob in Begeisterung zu versetzen – du sagst eine Zahl, die bloß hoch genug sein muß, und schon strahlen Jakobs Augen, und als ich heimging, sagte ich mehrmals, so ein schmieriger Typ, obwohl der Agent kein schmieriger Typ gewesen war, sondern von seinen Summen selbst so begeistert, daß sie mir alle wie kleine Jungen vorkamen, die gerade mit Sprühdosen um sich ballern.

In Lus Frauen-WG gab es unentwegt Krach, weil sie sich nicht darauf einigen konnten, ob es zur Frauenunterdrückung gehört, wenn man Kinder kriegt. Sie sagten allerdings nicht, daß man Kinder kriegt, sondern daß frau Kinder kriegt. Lu wollte Lehrerin werden und fand es nicht so wichtig, ob es zur Frauenunterdrückung gehört, weil Lehrerinnen immer dann Ferien haben, wenn ihre Kinder auch Ferien haben, also können sie gut berufstätig sein, aber Mona wollte Ärztin werden, und wenn sie als Ärztin Kinder hätte, wäre es aus mit ihrem Beruf, also sagte sie, es gehörte zur Frauenunterdrückung, Kinder zu kriegen, und eigentlich wäre nichts dabei gewesen, nur fand Mona, daß es nicht nur für sie persönlich zur Frauenunterdrückung gehörte, die ja in ihrem Fall, genaugenommen, eher eine Berufsunterdrückung gewesen wäre, sondern daß möglichst überhaupt keine Frau mehr Kinder kriegen dürfte, um sich nicht unterdrücken zu lassen. Lu hatte keine Lust, sich von Mona das Kinderkriegen verbieten zu lassen, bloß weil Mona Ärztin werden wollte, und das sagte sie auch, und schon gab es Krach. Andererseits hatte sie auch keine Lust, über das Kinderkriegen nachzudenken, weil sie genug damit zu tun hatte, darüber nachzudenken, warum ihr Vater sich erschossen hatte, und ihre Mutter deshalb zu trösten. Manchmal fuhren wir zusammen in die Firmensiedlung und trösteten unsere Mütter, und hinterher fuhren wir wieder zurück und gingen, um uns von der Firmensiedlung und unseren Müttern zu erholen, in eine Kneipe, die eigentlich keine Kneipe war, sondern ein Kommunikationszentrum in der Uni, das so ähnlich aussah wie der Freizeitraum in unserer Schule, und tranken dort einen Kaffee oder ein Bier. Es war immer furchtbar voll und roch ungelüftet, aber es war von Studenten selbst verwaltet, überall klebten die »Nein-Danke«-Plaketten, und die Frauen aus Lus Wohngemeinschaft gingen alle dorthin. Ich hatte Mona im Verdacht, ins Klo geschrieben zu haben, daß Frauen ohne Männer so seien wie Fische ohne Fahrräder, und der ganze Raum wäre eigentlich ein

Argument gegen die Basisdemokratie gewesen, wenn nicht der Kaffee wegen der Selbstverwaltung so billig gewesen wäre, daß man gleich mehrere trinken konnte, also blieben alle immer sehr lange sitzen und besprachen, was ihre verschiedenen Gruppen gerade zu besprechen hatten oder was sie im Kabelfernsehen gesehen hatten. Je mehr sie das Kabelfernsehen besprachen, um so schlechter wurde der Kuchen, den sie dort selbstgebacken verkauften, und schließlich gab es keinen Kuchen mehr, sondern etwas, das mit dem Kabelfernsehen zusammenhängen mußte und mich der Form nach an Schokoladenriegel erinnerte, aber als ich es einmal kostete, waren es keine Schokoladenriegel, sondern eklig weiche und eklig süße Biskuits mit einem ekligen weißen Schaum dazwischen, und kurz darauf machte der ganze Laden zu, weil sich niemand mehr fand, der den selbstverwalteten Kaffee kochen mochte.

Kurz bevor er zumachte, tauchte plötzlich Hänschen Hohmann dort auf. Hänschen Hohmann war nicht an der Uni, sondern nach der Schule sang- und klanglos von der Bildfläche verschwunden. Lu sagte, ist das nicht Hänschen Hohmann, und ich sagte, hat sich ziemlich verändert, oder.

Wir hatten, als wir unsere Abschlußzeugnisse hatten, alle noch etwas vor der Aula herumgestanden und Adressen getauscht und gesagt, daß wir uns nicht aus den

Augen verlieren würden, und das Adressentauschen wäre eigentlich gar nicht nötig gewesen, weil wir uns alle über kurz oder lang an der Uni über den Weg gelaufen sind und die meisten längst neue Adressen hatten, die wir inzwischen auch schon getauscht hatten, bloß Hänschen Hohmann war einfach nicht in der Aula erschienen, als es die Abschlußzeugnisse gab und das Schulorchester dazu spielte, und dann war er einfach verschwunden und nie an der Uni oder im Kommunikationszentrum aufgetaucht, und plötzlich stand er da und hatte sich ziemlich verändert. Er stand alleine herum und kannte offenbar niemanden. Er sah auch nicht aus, als ob er jemanden suchte. Lu sagte, gehen wir doch mal hin, und wir schoben uns durch die Leute hindurch in seine Richtung.

Du bist damals einfach verschwunden, sagte ich, als wir bei ihm waren, und Lu sagte, was machst du denn hier. Er sagte, mal sehen. Bißchen voll hier zum Reden, und Lu sagte, Gewöhnungssache, aber dann gingen wir mit Hänschen Hohmann nach draußen, weil es aussah, als fühlte er sich nicht wohl im Kommunikationszentrumsgedränge, und als wir draußen waren, beschloß ich, lieber nicht mehr Hänschen zu ihm zu sagen. Ich sag wohl besser jetzt Hans zu dir, sagte ich, und das ehemalige Hänschen lachte. Ich hab den Eindruck, das hier ist nichts für mich, sagte er, und ich mochte, daß er das sagte, weil ich selbst den Eindruck hatte, daß es mit dem Rest der Welt nicht wirklich viel zu tun hätte. Ich sagte, und was wäre dann was für dich. Keine Ahnung, sagte er, und in dem Augenblick hatte Lu jemanden entdeckt, den sie kannte, und sagte, einen Moment, und so kam es, daß ich mit Hans Hohmann erst alleine herumstand, und später, als Lu zurückkam und sagte, sie müsse mit Gerdi etwas besprechen, sind wir spazierengegangen, und er sagte, daß er nach der blödsinnigen Schule erst einmal Lust hatte, sich die Welt anzusehen. Ich sagte, so blödsinnig war sie vielleicht gar nicht, aber ich wollte nicht darauf bestehen, also fragte ich, wie er es gemacht hatte, sich die Welt anzusehen, weil ich es schon sehr schwierig fand, hier zu sein und das Leben hier zu bezahlen, und ich stellte mir vor, daß man ziemlich viel Geld bräuchte, um sich auch noch den Rest der Welt anzusehen, obwohl es mir gut gefiel, daß Hans Hohmann es offenbar hingekriegt hatte. Er sagte, ganz einfach, du brauchst bloß zur See, und dann sagte er, daß er nach dem Militär zwei volle Jahre auf verschiedenen Schiffen kreuz und quer herumgefahren war, und jetzt war er wieder da, schaute sich um und überlegte, was er machen sollte. Kommt drauf an, sagte ich, und er sagte, worauf. Worauf du Lust hast, sagte ich. Er sagte, ich glaube, das sind so Sachen, die man nicht studieren kann. Dann fragte er mich, wie Studieren sei, und ich erzählte ihm davon, und irgendwann waren wir schon ziemlich weit spazierengegangen, als er sagte, das klingt nach Herumsitzen und Geschwätz, und ich sagte, eigentlich nur manchmal. Mir war inzwischen nach dem vielen Spazierengehen selbst nach Herumsitzen zumute, und ich hatte nicht das Gefühl, daß es Geschwätz wäre, wenn wir uns unterhielten.

Als wir aus der Kneipe herauskamen, war es schon dunkel.

Und du, fragte er, woran glaubst du.

Ich sagte sehr schnell, an Wurstsalat und meine blaue Kletterpflanze, und an den Hibiskus auch, und er sagte, das ist immerhin schon mal ein Anfang, aber mir war es trotzdem peinlich, daß ich es gesagt hatte, und ich nehme an, ich wurde rot, jedenfalls fühlte sich mein Gesicht heiß an, aber es war dunkel, und weil wir nebeneinander gingen, konnte er davon nichts sehen, und als wir noch ein paar Schritte gegangen waren, fand ich es erleichternd, daß ich es gesagt hatte.

Am nächsten Morgen ging ich nicht in die Oberbekleidung, und am Tag darauf flog ich raus, weil ich unentschuldigt gefehlt hatte, um Wurstsalat zu machen, und es tat mir nur um den Paternoster leid, den ich wirklich gern gehabt hatte, aber schon kurz darauf wurde der Paternoster sowieso abgeschafft, weil das Kaufhaus von unten bis oben derartig umgebaut und renoviert wurde, daß man es nicht mehr wiedererkannte und sich kaum noch traute, dort hineinzugehen und ein Päckchen Papiertaschentücher zu kaufen oder etwas anderes Banales, weil alles in dem Kaufhaus und in vielen anderen Kaufhäusern auch anfing, sehr edel zu sein und zu glitzern, und kein Mensch mehr daran dachte, daß die Araber zehn Jahre zuvor angefangen hatten, uns das Licht abzudrehen.

Mändi kriegte ein Mädchen, und sie nannten es Xenia. Mein Vater war inzwischen keine Führungskraft mehr, sondern ein Manager, und ich hatte das Gefühl, daß er als Manager seinem Kind wahrscheinlich keinen simplen Namen geben könnte wie damals noch Matz und mir. Als ich Xenia anschauen fuhr, hatte er gerade Ärger mit irgendeinem Ministerium und sagte, das wäre ja gelacht, wenn wir das nicht durchdrücken könnten; wir sind immerhin ein Konzern, da kommen die in Bonn nicht dran vorbei, da können sie sich auf den Kopf stellen, und er sah aus, als wollte er richtig loslegen, aber Mändi sagte, der Arzt hat gesagt, du sollst auf deinen Blutdruck achten. Danach machte er das Gesicht, das ich von früher kannte, wenn er seine Zündkerzen durchpusten fuhr.

Xenia sah aus wie ein ganz normales Baby, aber sie hatte ein eigenes Kinderzimmer mit gerüschten Vorhängen, blaßgelben Streifentapeten und einem gelben Himmelbett, sehr vielen Spielsachen und einem Schaukelpferd. Mein Vater sagte, daß er es diesmal anders machen würde, weil er inzwischen einiges dazugelernt hätte. Beim zweiten Mal ist man klüger, sagte er, man muß sehr früh anfangen, an die Zukunft der Kinder zu denken, und Mändi sagte, sie könnte sich vorstellen, nach seiner Pensionierung irgendwo hinzugehen, wo die Kleine eine internationale Schule hätte. Sie sagte, internationale Schulen sind im Grunde das einzige, worauf Verlaß ist, und eine Garantie für eine halbwegs ordentliche Bildung. Mein Vater sagte, daß in Kenia das Personal billig sei, aber Mändi war nicht für Kenia, und schließlich sagte mein Vater, das ist sowieso alles Zukunftsmusik, und dann wachte die Kleine auf und bekam ein Fläschchen. Mändi sagte zu mir, war er mit euch eigentlich auch so ungeschickt, und ich sagte, ich kann mich nicht mehr erinnern, und sie sagte, manchmal kommt es mir vor, als hätte ich nicht bloß das eine Baby, sondern gleich zwei so hilflose Wesen. Sie schüttelte den Kopf und sah meinen Vater an, als wäre er nicht zurechnungsfähig und ein Fall für akutes Mitleid. Mein Vater sagte, komm, wir machen mal einen Rundgang, und zeigte mir alles, was sie neu gekauft hatten, weil vor Xenias Geburt ein Nest hatte gebaut werden müssen, und als ich alles gesehen hatte und auch noch in der Garage war, weil mein Vater mir die Geschichte mit dem Volvo erzählen wollte, den er hatte kaufen müssen, weil sie jetzt eine Familienkutsche brauchten, war ich sehr froh, daß für Matz und mich die Zukunft schon vorbei war, und fragte mich, wohin all die anderen Sachen verschwunden waren, die sie vorher gehabt hatten. Zuletzt sagte er, und wie geht es eurer Mutter, und ich sagte, so la la, und daß ich nicht zum Essen bleiben könne, weil heute abend Stephan käme. Mändi sagte, aber wir haben doch extra skandinavischen

Lachs; Pasta mit skandinavischem Lachs, aber ich konnte trotzdem nicht bleiben.

Als ich ging, brachte mein Vater mich an die Tür und sagte, du solltest dich wirklich um eine richtige Wohnung kümmern, und ich war froh, daß er nicht nach der goldenen Uhr gefragt hatte.

Jedesmal wenn ich Sandra traf, war sie wieder etwas dünner geworden. Ich traf sie nicht oft, weil sie nicht an die Uni ging, sondern in ihrem Partykeller lebte, aber manchmal rief sie an und sagte, sie möchte eine Stimme hören, die sie kennt, und wenn ich Zeit hatte, traf ich mich dann mit ihr in einem Café, aber ich konnte nie sicher sein, ob sie auch kommen würde, weil sie oft wieder vergaß, daß sie mich treffen wollte, und wenn sie es nicht vergessen hatte, kam sie meistens zu spät und war wieder dünner und dünner geworden und immer weiter aus der Kurve geflogen, bis ich schließlich sagte, was ist eigentlich mit dir los, obwohl ich solche Fragen nicht mag, aber ich konnte auf Dauer auch nicht so tun, als würde ich nicht sehen, daß sie immer dünner und dünner geworden war, also mußte ich eines Tages fragen, was mit ihr los ist, und auf die Art erfuhr ich, daß es eine tödliche Krankheit gäbe und daß man sie auf verschiedene Arten kriegen kann und jedenfalls auch, wenn man sich Rauschgift mit unsauberen Spritzen in die Arme spritzt, und daß Sandra diese Krankheit auf diese Art gekriegt hatte und also sterben würde. Heute weiß jedes Kind, daß es das gibt, auch wenn alle es lieber nicht wüßten und alles tun, um nicht daran denken zu müssen, aber als Sandra diese Krankheit bekam und schließlich daran starb, wußte noch kaum jemand, daß es das gab, und daß sie so vor mir saß und demnächst daran sterben würde, schnürte mir alles zu, also sagte ich erst einmal nichts, sondern wartete, bis ich wieder an meine Stimme rankam, und dann sagte ich auch nicht viel, weil ich nicht wußte, was man mit jemandem reden soll, der mit einer tödlichen Krankheit vor einem sitzt und demnächst daran sterben muß. Ich dachte an den »Zauberberg«, und wie sie dort ihre Leichen immer mit dem Schlitten ins Tal transportierten, immer nachts, damit die anderen nichts davon merkten, daß dort oben gestorben wurde, und dann dachte ich an meine Großmutter. Als wir zu ihrer Beerdigung kamen, war sie schon lange tot, und dann sah ich Sandra an. Sie sagte, es ist doch auch schon egal. Ich fand es ganz und gar nicht egal, Zukunft hin, Weltuntergang her mitsamt dem ganzen Nein-Danke, aber ich sagte es lieber nicht, weil ich dachte, vielleicht ist es besser, es ist ihr egal, weil es noch schlimmer wäre, wenn es ihr nicht egal wäre, und schließlich sagte sie, wir sind doch alle nicht zu gebrauchen; wir sind verwöhnt und nutzlos und nur auf der Welt, um samstags auf die Rennbahn zu gehen. Ich sagte, warst du schon mal auf der Rennbahn, und sie sagte, klar. Ich noch nie, sagte ich, und Sandra sagte sehr liebevoll, du Schäfchen. Sie sagte es in einem Ton, als wäre sie schon auf der anderen Seite und als müßte man von der anderen Seite her nachsichtig sein mit denen, die noch leben und an etwas glauben wollen, und ich sagte, und deine Eltern. Sandra sagte, ach die, die finden doch alles süß, und schaute abwesend über meinen Kopf hinweg. Ich sagte, red' keinen Unsinn, und wunderte mich, daß ich ungeduldig war, weil ich gedacht hätte, daß man mit Leuten, die demnächst sterben, mehr Nachsicht hätte, aber ich war nicht nur ungeduldig, sondern ungehalten und beinahe richtig böse, und schließlich schaffte ich es, daß Sandra aufhörte, abwesend über meinen Kopf hinweg zu schauen, und mich wieder ansah, und nach einer Weile sagte sie, weißt du, die haben mit sich genug zu tun, die sind doch vollauf beschäftigt. Ich sagte, das kommt dir so vor, weil du dauernd da unten im Keller sitzt, aber sie schüttelte den Kopf. Ich dachte an Sandras Schallplattensammlung, an Deep Purple, Led Zeppelin, die Unmenge Farbeimer und Sprühfarben für den Partykeller, an die Klamottenkäufe in London und die zerrissenen Jeans, aber es hatte keinen Sinn, darüber zu sprechen, ob Geld glücklich macht oder die Glücksansprüche im Kapitalismus eher doch nicht befriedigt werden können, weil Sandra dafür keine Zeit mehr hatte, und wer keine Zeit hat, denkt über Geld nicht nach.

Seit Matz mit dem Joint erwischt worden war, hatte ich selten etwas von Rauschgift mitbekommen, und Matz hatte nebenbei erzählt, daß in Amerika alle an ihren Swimmingpools sitzen und nichts dabei finden, etwas zu rauchen, und ich hatte es albern gefunden, daß Matz nicht sagte, sie rauchen Joints oder Haschisch oder Marihuana, sondern er sagte immer, du sitzt da am Swimmingpool und rauchst was, das ist dort ganz normal, und ich sagte, die Frage ist, was du rauchst, und warum sagst du nicht, was du rauchst, wenn es doch ganz normal ist, aber Matz sagte, jedenfalls ist nichts dabei, aber nachdem Sandra so dünn geworden war und demnächst sterben würde, fielen mir auf der Straße und an jeder Ecke dünne Menschen auf, die sonderbar abwesend schauten, und noch lange nach Sandras Tod achtete ich jedesmal, wenn Matz mich besuchte, darauf, ob er dünner geworden war, weil ich Angst hatte, er würde auch aus der Kurve fliegen, aber jedesmal war klar, wenn er aus der Kurve fliegen würde, dann jedenfalls nicht auf diese Art.

Als die Karte mit dem schwarzen Rand und der Nachricht kam, wann die Beerdigung wäre, wurde mir übel, und ich wußte auf der Stelle, daß ich nicht dorthin gehen könnte. Ich rief Lu an und sagte, hast du die Todesnachricht auch, und Lu sagte, wir müssen da hin. Ich sagte, mir ist schlecht, wenn ich nur daran denke, aber Lu sagte, ich habe die Beerdigung von meinem Vater überstanden, also komm, und stell dich nicht an.

Die Karte kam an einem Samstag, und samstags holte

Hans Hohmann mich meistens gegen Mittag ab, um mit mir spazierenzugehen. Er hatte inzwischen einen gelben VW-Käfer, und er kannte eine sehr schöne große Wiese in einem sehr schönen Wald, die offenbar nicht viele Leute kannten. Ich war nie besonders gern spazierengegangen, aber inzwischen freute ich mich ab Montag schon auf diese Wiese, und als er mich abholte, hatte er natürlich auch eine Karte mit schwarzem Rand, weil alle aus der Klasse eine bekommen hatten.

Ich erzählte ihm, daß mir von der Karte übel geworden war und Lu gesagt hätte, ich solle mich nicht so anstellen. Er sagte, wir gehen einfach zusammen. Ich war überrascht, weil ich nicht angenommen hätte, daß er auch zur Beerdigung gehen wollte. Er merkte, daß ich überrascht war, runzelte die Stirn und sagte, ich war schließlich auch in der Klasse. Ich sagte, das schon, und dachte daran, daß Hänschen Hohmann immer alleine gesessen hatte und sich sein Abschlußzeugnis per Post hatte schicken lassen, aber ich dachte nur kurz daran, weil ich erleichtert war, daß er mitkommen würde, obwohl er Sandra eigentlich nur von den Partys her kannte, weil Sandra immer die ganze Klasse eingeladen hatte. Ich sagte, gehen wir also zusammen, wenn du das tun würdest, und er sagte, na klar, und in dem Moment hatte ich das vollkommen sichere Gefühl, die Wiese vor uns würde langsame sachte Wellen schlagen und wäre gar keine Wiese, sondern ein großer Teich, und wir würden langsam über diesen Teich rudern.

Ich schüttelte den Kopf, weil ich glaubte, ich hätte eine Fata Morgana gesehen, aber auch nach dem Kopfschütteln war die Wiese immer noch ein Teich, und links blühten jede Menge Schlehen. Ich sah genau, daß es Schlehen waren, aber ich dachte zur gleichen Zeit, es sind in Wirklichkeit keine Schlehen, es ist ein Hauch von Gischt auf den Wellen, weil die Blüten von Schlehen sehr klein und sehr zart sind, beinah noch zarter als Weißdorn, und nach einer Weile merkte ich, daß es zwei Wirklichkeiten gab, eine Schlehen- und Wiesenwirklichkeit und eine Teich- und Gischtwirklichkeit, in der Hans und ich herumruderten, und daß die zweite Wirklichkeit damit zusammenhing, daß Hans gesagt hatte, wir gehen einfach zusammen.

Von da an gingen wir immer öfter zusammen, und ich lernte, daß es viele Wirklichkeiten gibt, wenn zwei zusammen gehen.

Auf der Beerdigung waren viele aus unserer Klasse und sagten zu Hans, ich dachte, dich gibts gar nicht mehr. Hans sagte, mich gibts noch, und ich fand es nicht sehr passend, daß sie auf der Beerdigung von Sandra so etwas sagten, aber sie meinten natürlich nicht, daß sie gedacht hätten, Hans wäre wie Sandra gestorben; sie meinten nicht einmal, daß er so plötzlich verschwunden war nach der Schule, ohne sein Abschlußzeugnis selbst abzuholen, sondern sie meinten etwas anderes. Sie meinten, daß sie selbst nicht mehr daran gedacht hatten, daß es Hans gibt, und weil wir auf Sandras Beerdigung waren, tat es mir plötzlich weh, obwohl es natürlich klar ist, daß keiner ununterbrochen an alle denken kann, die er gerade nicht sieht, weil sie irgendwo in der Welt unterwegs sind, aber trotzdem fand ich, sie sollten dann nicht sagen, ich dachte, dich gibts nicht mehr, weil ich froh war, daß es Hans gab.

Der Pfarrer sagte was über Sandra, aber er hatte sie nicht gekannt, und also lief es auf Gottes große Güte hinaus, an die niemand glaubte, und zum Schluß sagte er, daß Sandras Eltern zum Andenken an ihre Tochter eine Stiftung gründen würden für Leute, die kein Rauschgift mehr nehmen wollten. Ich schaute mich um, aber es war niemand auf der Beerdigung, der so dünn aussah, als ob er sich mit Sandra zusammen im Partykeller Rauschgift in den Arm gespritzt haben könnte und jetzt für die Stiftung in Frage käme. Als der Pfarrer das mit der Stiftung sagte und ein paar Leute halblaut klatschten, sagte Hans neben mir, irgendwo müssen sie ja jetzt hin mit dem Geld und der großen Güte.

Zuletzt wurde Musik gespielt. Bei der Beerdigung von meiner Großmutter hatten sie Händel gespielt, aber das war schon eine Weile her, und außerdem war meine Großmutter alt gewesen, und weil Sandra jung gewesen war, spielten sie zwar nicht gerade Deep Purple, obwohl das eigentlich passend gewesen wäre, sondern sie spielten etwas von den Beatles, und zwar sehr langsam und getragen, so langsam, daß mir jedesmal, wenn wieder »Let it be« kam, übel wurde, und als es vorbei war, gingen alle zu Sandras Eltern und drückten ihnen die Hand, und Sandras Eltern sagten zu jedem, daß sie sich freuen würden, wenn er noch mitkäme zum Essen in das Restaurant beim Friedhof, und so saßen wir also anschließend alle im Restaurant, und erst war eine betretene Stimmung, aber Sandras Mutter ging herum und sagte zu jedem, er solle fröhlich sein, dazu seien wir eingeladen, zu mir sagte sie, life goes on, Liebchen, und ich fragte mich, warum sie nicht sagte, daß das Leben weiterginge, und schließlich tauten alle auf und erzählten sich erst Geschichten aus der Schule, und zuletzt sprachen sie über das Kabelfernsehen. Ich fühlte mich fremd, weil ich noch nicht verkabelt war und nicht verstand, worum es ging, also hörte ich bloß zu und bekam keine Lust, verkabelt zu werden. Ich erinnerte mich, was Matz aus Amerika erzählt hatte, wo sie schon längst alle verkabelt waren, und fragte, ob es stimmte, daß alle Filme, die im Fernsehen liefen, andauernd unterbrochen würden für Werbung, und es stimmte, aber nach der Frage sahen mich alle so an, als hätte ich etwas Unanständiges gesagt oder mit den Fingern gegessen. Hans war auf See gewesen, und auf See sind sie natürlich auch nicht verkabelt gewesen, und in den vielen Häfen, die er gesehen hatte, hatte es vermutlich auch kein Kabelfernsehen gegeben, also gingen wir ziemlich bald und dachten uns, wie es wäre, wenn mitten in einem Film, gerade wenn sie kurz davor sind, sich zu erschießen oder zu küssen oder einen

Geldtransport zu überfallen, plötzlich eine Hausfrau von einem Waschmittel losschwärmt oder ihren Kindern irgendeine Süßigkeit andreht, und schworen uns feierlich, uns niemals verkabeln zu lassen.

Lu rief am selben Abend noch an und sagte, du glaubst wohl jetzt an die große Liebe. Sie klang beunruhigt, weil es sie vermutlich in Schwierigkeiten bringen würde, in einer Frauen-WG zu wohnen und aus ihrer Zeit in der Firmensiedlung zugleich eine Freundin zu haben, die daran glaubt, daß ein Fisch und ein Fahrrad zusammenpassen, und zuletzt sagte sie, und was will er eigentlich machen. Ich sagte, keine Ahnung, er schaut sich um.

Hans schaute sich tatsächlich um, und wenn wir zusammen spazierengingen, schauten wir uns zusammen um, und nach einer Zeit konnte er alles, und den Rest konnte ich, und noch immer war keiner von uns verkabelt. Ich glaubte noch immer nicht an die große Liebe, aber ich fing an, daran zu glauben, daß wir zusammen gehen würden, und es war das erste, woran ich nach der Kletterpflanze und dem Wurstsalat glaubte, und daran, daß wir alles könnten, und ein halbes Jahr später war Weihnachten.

Im Oktober rief ich Matz an und sagte, demnächst ist übrigens Weihnachten. Matz sagte, so what. Inzwischen war er nicht mehr der einzige, der englische Sätze sagte.

Ich sagte, wie wollen wir es machen, weil immer zu Weihnachten meine Mutter daran erinnert wurde, daß sie früher einmal nicht nur an die große Liebe, sondern auch an die heile Familie geglaubt hatte, und es war besser, wenn Matz oder ich dann da waren, damit sie sich wenigstens an der Hälfte der heilen Familie festhalten und über die andere heulen konnte, aber Matz hatte keine Lust, diese Hälfte zu sein, weil ein paar amerikanische Freunde über Weihnachten kämen und sie alle einen »turkey« machen würden. Ich sagte, eine Pute, und er sagte, einen turkey, und also wußte ich, daß ich die Hälfte der heilen Familie sein würde, an der sich meine Mutter festhalten können sollte, und dann sagte ich Hans, daß es mir lieber wäre, wir könnten zusammen gehen, und ihm war es für seine Mutter auch lieber, wir könnten zusammen gehen, und das taten wir, und hinterher waren wir reif für die Revolution, weil die eine Mutter etwas dagegen hatte, daß ihr Sohn, und die andere Mutter hatte etwas dagegen, daß ihre Tochter, und die eine Mutter war aus der Firmensiedlung, die andere war eine Putzfrau, und wir erinnerten uns beide daran, daß es Maria B. in unserem Schulaufsatz egal gewesen war, aus welchen Verhältnissen jemand kommt, Hauptsache, daß sie ihn mag, aber dieser Schulaufsatz paßte nicht richtig zu unserem Weihnachten, weil er auf die Glücksansprüche im Kapitalismus hinausgelaufen war und keine Mütter aus Firmensiedlungen oder im schulischen Putzdienst darin vorgekommen waren, und genau diese beiden Mütter hatten getan, als müßten sie ihre Brut vor dem Teufel beschützen.

Nach Weihnachten beschlossen wir, daß wir unsere Mütter eine Zeitlang nicht sehen sollten, um uns davon zu erholen, aber meine Mutter hatte bereits meinen Vater alarmiert, obwohl sie eigentlich nicht mit ihm sprach, und mein Vater konnte es sich nicht leisten, daß seine Tochter mit dem Sohn einer Putzfrau zusammen ging, und Lu hätte mir in der Angelegenheit gern geholfen und sagte, wenn er wenigstens an der Uni wäre. Mein Vater sagte, sowas hat absolut keine Zukunft. Ich sagte, was für ein Sowas und was für eine Zukunft, und er erinnerte mich daran, daß Zukunft und Geld zusammenhingen, und ich erinnerte ihn daran, daß die Leute an der Uni sich nicht ordentlich waschen würden. Ich erinnerte ihn nicht daran, daß sie an der Uni das System zerstören wollten, weil ich plötzlich das Gefühl hatte, es gibt da tatsächlich ein System, und es wäre besser, man würde es zerstören, selbst wenn einem nicht danach ist, etwas kaputtzumachen, aber seit alle verkabelt waren und zwischen den Filmen die Werbung sahen, dachte keiner mehr darüber nach, daß es ein System geben könnte, und ich hätte wahrscheinlich auch nicht darüber nachgedacht, wenn wir nicht dieses Weihnachten mitgemacht hätten, und danach machten wir einstweilen Weihnachten nicht mehr mit, nicht für die eine und nicht für die andere Hälfte.

Irgendwann hatte Stephan die Schule überstanden, und es war aus mit den Wurstpäckchen und den Schweineschnitzeln. Hans hatte Arbeit am Theater gefunden, weil er alles konnte, und an Theatern brauchen sie Leute, die alles können. Wenn er Geld hatte, hatten wir es beide, und manchmal gingen wir dann zu der alten Fischladenfrau und dem Inder. Ich hatte keine Ahnung, wie man Fisch machte, weil meine Mutter nur Tiefkühlwürfel auftaute, und immer wenn ein Fisch uns ansah und wir das Gefühl hatten, den sollten wir vielleicht machen, fragten wir die alte Frau, was wir mit dem Fisch machen könnten, und sie gab mir haufenweise Rezepte, und wir probierten sie alle aus. Danach konnte ich kochen. Besonders gut konnte ich Makrelen, weil wir immer Makrelen kauften, wenn kaum mehr Geld da war.

Wenn gar kein Geld da war, ging ich zum Arbeitsamt für Studenten, und dann bekam ich für ein paar Tage eine Arbeit auf der Messe. In der Zeit ging ich nicht an die Uni, und es machte überhaupt nichts, weil die Uni nichts mit der Wirklichkeit zu tun hatte. Die Wirklichkeit war auf der Messe, und sie sah eigentlich lustig aus, wenn Herr Allgeier auf der Automesse Autoshampoo verkaufte. Herr Allgeier holte sich einen alten Opel Rekord vom Schrottplatz und sprühte künstlichen Rost auf den Lack. Dann stellte er fünfzig gelbe Dosen auf den Opel Rekord, besorgte sich einen Spiritus, der nur so tat, als würde er richtig brennen, weil man zwar Flammen sah, aber die schwebten nur über der Oberfläche und machten keinen Flammenschaden. Das Auto sah übel aus mit dem künstlichen Rost, und sobald am Morgen um punkt neun Uhr die Messe öffnete und die Menschen hineinströmten, schluckte Herr Allgeier etliche Aufputschtabletten. Er sagte, ohne Kapdas hältst du das nicht den ganzen Tag durch, und sobald die Kapdas wirkten, fing er an, eine Art Zirkusnummer zu machen. Er hielt die künstlichen Flammen an den Lack mit dem künstlichen Rost, und weil alle Leute Autos lieben und pflegen und polieren und von ihren Kindern am Samstag putzen lassen, erschraken die vorbeigehenden Messegäste und blieben stehen. Im Nu waren ein paar hundert Leute um den Opel Rekord versammelt, und sobald ein Gedränge entstand, nahm Herr Allgeier eine von den fünfzig Dosen und einen Lappen und rieb mit einer Lackpolitur den künstlichen Rost mit den künstlichen Brandspuren mühelos ab, und der Trick war, daß die Lackpolitur überhaupt keine Lackpolitur war, sondern nur so aussah. Als ich ein paar Tage bei Herrn Allgeier gearbeitet hatte, sagte er mir, im Vertrauen: zwei dreißig in der Herstellung, und lachte zufrieden, weil die Leute nach seiner Zirkusnummer in Scharen zu mir rannten und sich danach drängten, den Politurersatz zu bestellen. Sie hätten ihn am liebsten gleich mitgenommen, aber das war verboten, nur manchmal tat Herr Allgeier eine Dose in eine Tüte und gab sie heimlich jemandem gegen vierzig Mark in bar, und dann lachte er wieder zufrieden, weil er dem Messeamt sagen würde, daß sie geklaut worden wäre. Ich schrieb den ganzen Tag Rechnungen über vierzig Mark, und viele Messebesucher bestellten nicht nur eine Dose für sich, sondern gleich mehrere für ihre Nachbarn und Freunde, und abends hatte Herr Allgeier viele hundert Dosen in seinen Auftragsbüchern, ich bekam meine hundert Mark, und es war ein ganz simpler Trick; zuerst fand ich ihn auch lustig, weil Herr Allgeier mit seiner Kapda-Dosis solch eine Zirkusnummer daraus machte, aber mit der Zeit ging es mir auf die Nerven, und mir taten die Leute leid, die ohne Zögern massenhaft Dosen bestellten und vierzig Mark für etwas bezahlten, das schlichter Politurersatz war, und einmal tat mir ein Mann so leid, weil er nett aussah, aber nicht so, als ob er viel Geld auszugeben hätte, und ich machte es wie Herr Allgeier, nur daß ich nicht vierzig Mark verlangte, sondern die zwei Mark dreißig, aber da sagte der Mann, zwei dreißig, das kann ja wohl dann nichts sein, und ging weg, ohne den Politurersatz zum Herstellungspreis zu kaufen.

Einmal fand ich eine studentische Arbeit, bei der ich zu einer Firma gehen mußte, die etwas gegen eine Hautkrankheit entwickelt hatte. Danach hatte sie das Zeug von ihren Vertretern an Hautärzte verteilen lassen. Die Hautärzte hatten natürlich keine große Lust, ein neues Mittel auszuprobieren, weil jeder am liebsten das verschreibt, was er schon kennt, und keiner gern etwas Neues probiert, deshalb hatte die Firma ihnen noch etliche Zugaben mitgeschickt, auf die sie schon eher Lust hatten, weil es sie kostenlos gab, aber dafür mußten sie zusätzlich einen Fragebogen ausfüllen, und immer, wenn sie jemandem die Hautsalbe gaben, mußten sie nachsehen, ob sie wirkte, und im Fragebogen Kreuze machen. Der Fragebogen war drei Seiten lang, und jeden Mittwoch holte ich mir die Stapel von Fragebögen und mußte mit einer Strichliste alle dreiundfünfzig Fragen durchgehen und immer notieren, ob es Rötungen gegeben hatte oder Schuppen oder ob die Salbe geholfen hatte, und der Witz war so ähnlich wie bei Herrn Allgeier, nur daß es mir diesmal der Personalleiter sagte, bei dem ich die Stapel immer abholen ging, der Witz war also, daß sie absolut nicht wirkte, nicht mal wie Vaseline, sagte der Personalleiter, und das war aber nur der halbe Witz, weil ich feststellte, daß die Hautärzte immer angekreuzt hatten, daß die Salbe wirkte, keine Nebenwirkungen hätte, keine Rötungen und Schuppen verursachte und ganz einfach ein perfektes Arzneimittel wäre und ich also meinerseits die Strichliste hätte machen können, ohne die Fragebogen nur anzusehen. Ein paar Jahre später wollte mir ein Arzt dieses Mittel verschreiben, und ich mußte lachen, und noch später wäre es beinahe vom Markt verschwunden, weil jemand herausgefunden hatte, daß es ein echtes Placebo sei, aber dann blieb es doch auf dem Markt, weil es keine Rötungen und Schuppen machte.

In den Ferien arbeitete ich einmal in einer Eiscremefabrik und einmal in einer Waschmittelfabrik, und nachdem ich in der Eiscremefabrik gearbeitet hatte, mochte ich keine Eiscreme mehr essen. Bei der Waschmittelfabrik war es interessant, weil alle Zutaten in einen großen Bottich kamen und durchgerührt wurden, und erst beim Abfüllen wurde entschieden, ob daraus eine Haarspülung oder ein Wäscheweichspüler würde. Bei Haarspülung waren die Flaschen kleiner und kosteten hinterher mehr, aber nachdem ich dort gearbeitet hatte, kaufte ich lieber die großen Flaschen mit den drei Litern Wäscheweichspüler für weniger Geld.

In der Uni lernte ich Dinge, die nur mit der Uni-Wirklichkeit zu tun hatten, weil kein Mensch auf die Idee kommt, in Bibliotheken zu gehen und Zeitschriften herauszusuchen, die nicht gut riechen, und in diesen Zeitschriften nach Aufsätzen zu suchen, die keinen anderen Sinn haben als den, daß die Leute in der Uni nach ihnen suchen und sie dann mehr oder weniger abschreiben und mit anderen Aufsätzen vergleichen, die über dasselbe Thema in anderen Zeitschriften stehen, die wiederum nur für die Uni gemacht werden, und je mehr solche Aufsätze man abschreibt und in seine eigenen Arbeiten hineinschreibt, um so dicker werden die eigenen Arbeiten, und um so länger wird die Liste am Schluß, an der man sehen kann, wie viele solche Aufsätze gefunden und abgeschrieben worden sind. In gewisser Weise allerdings hatte die Uni dann doch wieder mit der Wirklichkeit zu tun, weil ich herausfand, daß es die besten Noten für die längste Liste gibt und man folglich gar nicht die Aufsätze lesen, sondern nur abschreiben und in die Liste aufnehmen mußte, und am Schluß schaffte ich es, Listen zu komponieren, ohne vorher die einzelnen Aufsätze suchen zu müssen, weil die Listen in den Zeitschriften standen und man also nicht die Aufsätze abschreiben mußte, sondern am besten gleich nur die Listen hinter einen abgeschriebenen Aufsatz zu hängen brauchte, und schon bekam man eine Zwei plus. Fast alle bekamen eine Zwei plus. Manche bekamen eine Eins und blieben dann an der Uni, weil dort Leute gebraucht wurden, die die Aufsätze für die Zeitschriften zu schreiben und die Listen der anderen zu prüfen und Zwei plus darunterzusetzen hatten. Natürlich fiel kein Mensch durch die Prüfung, weil es ein Kinderspiel ist, Listen abzuschreiben, aber sobald man das einmal verstanden hat, kommt der interessante Teil der Uni, gewissermaßen der Witz, denn alle, die gelernt haben, Listen abzuschreiben, wissen natürlich, daß es ein Kinderspiel ist, und trotzdem tun alle, als hätte es einen tieferen Sinn und wäre von größter Bedeutung, und diejenigen, die eine Eins bekommen, glauben am Ende selbst daran, weil sie ja an der Uni bleiben und für ihre Aufsätze und das Listenprüfen ziemlich viel Geld bekommen, und wer viel Geld bekommt, glaubt an den tieferen Sinn und die eigene Bedeutung.

Hans hatte erst ein Zimmer zur Untermiete gehabt, und nach einer Zeit benutzte er es kaum noch und war meistens bei mir, und danach sagten wir, das Zimmer könnten wir uns besser sparen. Von da an wohnte er bei mir, und es war aufregend, weil wir zwar schon alles konnten, aber wenn man kein Geld hat, muß man immer besser darin werden, alles zu können, und wir saßen manchmal, wenn Hans nachts nach dem Theater nach Hause kam, bis kurz vor dem nächsten Morgen herum und sprachen darüber, wie wir möglichst noch besser werden könnten. Meine Wohnung war so klein, daß wir uns wunderten, wie wir beide dort hineinpaßten, aber wenn man eine sehr kleine Wohnung hat, kommt man auf eine Menge Ideen, wie man es einrichten kann, daß sie größer wird, ganz einfach, weil man es muß und es anders nicht geht, und es war sehr gut, daß Hans auf den Schiffen alles über Elektrizität und Motoren gelernt hatte und jetzt am Theater mit Tischlerei und Beleuchtung und Dekoration zu tun hatte, und schließlich kam er eines Tages nach Hause und brachte eine Nähmaschine mit.

Ich sagte, wo hast du die her, und auf die Art erfuhr ich, was die Leute mit den doppelten Sachen machten, die in ihren Kellern herumstanden und irgendwann dort zu viel wurden, wenn für die Wohnungen wieder einmal alles neu gekauft wurde. Hans sagte, in der Richterstraße war Sperrmüll. In der Firmensiedlung hatte es keinen Sperrmüll gegeben, sondern die Sachen hatten sich einfach so aufgelöst, und in unserer Gegend gab es keinen, weil es keine Keller gab, also konnte man sich nicht alles doppelt kaufen, aber offenbar konnte man es in der Richterstraße, und sobald man sich alles zum dritten Mal kaufte, mußte man Platz im Keller machen, und alle stellten die Sachen aus ihren Kellern auf die Straße raus. Ich wußte nicht, was man mit einer Nähmaschine anfangen könnte, aber die Mutter von Hans hatte eine gehabt, und Hans hatte ihr manchmal beim Nähen zugesehen, und nachdem wir eine Weile an der Maschine herumgerätselt hatten, war uns ungefähr klar, wie sie lief, und dann kauften wir Stoff und Faden und fingen an, die Matratzenteile, die in der Wohnung am Boden lagen, weil wir kein Bett hatten, Stück für Stück einzunähen. Die ersten Bezüge wurden noch sonderbar, aber nach dem dritten konnten wir Bezüge, und nachdem wir damit fertig waren, kauften wir wieder Stoff und nähten Gardinen und Decken, die noch viel einfacher waren als die Matratzenbezüge, und wir staunten, daß es fast nichts gekostet hatte, und konnten gar nicht mehr damit aufhören, uns Sachen auszudenken, die man können könnte; wir überlegten, welche Werkzeuge man dazu brauchen würde und wie man es anstellen könnte, mit so wenig Geld zu leben, wie wir hatten, und wenn wir auf die Waldwiese fuhren, um dort zusammen spazierenzugehen, schauten wir uns alle Pflanzen genau an, weil es ja sein könnte, daß auf der Wiese Dinge wuchsen, die man kochen und essen oder ohne Kochen in den Salat tun kann, und eines Tages fanden wir einmal eine ziemliche Menge Pilze. Es war nicht auf der Wiese selbst, sondern auf dem Weg dorthin, und es war eine solche Menge, daß wir an dem Tag überhaupt nicht bis zur Wiese kamen und erst etwas später sahen, daß dort Herbstzeitlose wuchsen.

Als wir die Pilze fanden, sagte Hans, kennst du dich damit aus, und ich sagte, nicht wirklich, und erzählte ihm von meiner Großmutter und den Pfifferlingsgläsern, die seit ihrer Beerdigung hinten in meiner Speisekammer standen, und dabei fanden wir immer mehr Pilze und wurden vor lauter Pilzen ganz süchtig aufs Pilzefinden, wir zogen unsere Pullover unter den Jacken aus, knoteten die Ärmel zu und sammelten die Pilze in die Pulloversäcke, bis beide randvoll waren, und weder Hans noch ich hatten auch nur die geringste Ahnung, ob man sie essen könnte. Pfifferlinge jedenfalls, so viel war sicher, waren keine dabei. Wir überlegten, wer uns mit den Pilzen helfen könnte, aber uns fiel niemand ein. Uns fielen ein paar Leute ein, die früher mit dem Atomkraft-Nein-Danke beschäftigt gewesen und dagegen gewesen waren, daß ihr Essen von den vielen PS in der Luft vergiftet worden war, sie hatten inzwischen einen Laden gegründet, in dem sie Obst und Brot und Gemüse verkauften, die nicht mit PS in Berührung gekommen waren, und sie hatten sich spezialisiert auf Natur. Unsere Pilze, dachten wir, sind ja nichts andres als reine Natur, und mit den zwei Pullovern voll fuhren wir also hin, aber in dem Laden kannten sie sich mit unserer Sorte Natur nicht aus, sondern eher mit schrumpligen Äpfeln und Getreidekornmühlen und ziemlich vielen Büchern, die den Weltfrieden mit den schrumpligen Äpfeln in einen Zusammenhang brachten und leidenschaftlich an beide glaubten. In dem Laden waren sie nicht gerade unfreundlich, aber sie sahen uns an, als hätten wir etwas Unanständiges in den Pullovern, und es erinnerte mich an Sandras Beerdigung, als ich nach der Werbung gefragt hatte, die beim Kabelfernsehen immer in die Filme platzt, und alle mich auch so angesehen hatten, als hätte ich etwas Unanständiges gesagt. Schließlich erfuhren wir, daß es völlig egal war, ob die Pilze von Natur aus giftig oder zu essen wären, so und so nämlich seien sie jedenfalls alle voll Blei, weil jeder Wald, in dem man Pilze finden könnte, direkt an der Autobahn liege, und was an Autobahnen liegt, sagte die Naturfrau, ist absolut ungenießbar. Danach gingen wir in eine Apotheke, weil Apotheker sich von Berufs wegen mit Gift auskennen, und als wir unsere Pilze dort vorzeigten, stellte sich heraus, daß die Kollegin, die für Pilze zuständig war, gerade ihren Urlaub machte, aber hinten in der Apotheke gab es ein zusammengerolltes Plastikplakat, auf dem etliche Pilzarten abgebildet waren. Die tödlichen hatten einen Totenkopf drunter. Wir konnten schlecht unsere beiden Pullover in der Apotheke ausschütten und mit dem Plastikplakat vergleichen, aber Hans sagte, wie wäre es, wenn wir das Plakat kurz nach Hause mitnehmen könnten, und dann ließ er seinen Führerschein als Pfand in der Apotheke, und zu Hause verglichen wir unsere Pulloverpilze mit denen auf dem Plakat. Hinterher hatten wir noch zwei große Töpfe voll mit denen, von denen wir annahmen, daß sie eßbar wären. Ganz sicher bin ich mir eigentlich nicht, sagte Hans, und ich war mir auch nicht sicher, aber es waren mit Bestimmtheit keine Pilze in dem Topf, unter denen ein Totenkopf gestanden hatte. Wir trauen uns, sagte Hans, und ich sagte, und wenn sie dann nicht eßbar waren. Hans sagte mit verstellter Stimme und in tragischem Ton, dann sterben wir einen gemeinsamen Tod. Wir mußten lachen, und ich fing an, die Pilze sauberzumachen.

Als wir später das Plakat zurückbrachten und den Führerschein wieder holten, sagte die Apothekerin, hats geschmeckt. Und wie, sagte ich, und sie sagte, ich bleib bei Champignons aus der Dose.

In der Uni kannte ich mich mit der Bibliothek und den Listen inzwischen aus. Außer mit den Listen hinter den Aufsätzen hatte ich mich mit Statistik beschäftigt, aber eigentlich nicht so sehr wegen der Uni, sondern weil mich die Fragebögen interessierten, auf denen die Ärzte angekreuzt hatten, daß die Hautsalbe wirkte, obwohl der Personalleiter gesagt hatte, nicht mal wie Vaseline, und ich hatte herausgefunden, daß Statistiken nichts sehr vieles anderes sind als eine Zirkusnummer, weil jeder, der etwas Statistisches herauskriegen will, von vornherein weiß, was es ist, das er herauskriegen möchte, und also aufpaßt, daß er ein paar Geschenke dazupackt, und wenn er keine Geschenke dazupacken kann, weil er in der staatlichen Forschung Statistiken macht, wo sie kein Geld für Geschenke haben, dann stellt er seine Fragen einfach so, daß automatisch herauskommen muß, was er haben will, und das ist sehr einfach, also wunderte es mich nicht sehr.

Nach dem Pilzessen warteten wir ungeduldig auf den nächsten Spaziergang, und inzwischen hatte ich in der Bibliothek zu tun und dachte, ich könnte doch mal nachsehen, was sie so über Pilze haben. Ich suchte unter »Pilze« und stellte fest, daß Pilze eine Wissenschaft sind. Sie gehörten zum Glück nicht in mein eigenes Fach, also brauchte ich mich mit den Zeitschriften und dazugehörigen Listen nicht aufzuhalten, sondern bestellte mir mehrere Bücher, in denen alles über Pilze drinstand, und nachdem ich ein paar Abende in den Pilzbüchern herumgelesen hatte, wunderte ich mich, daß wir immer noch lebten, weil das Plastikplakat in der Apotheke nur ein paar Totenköpfe gezeigt hatte, während es in den Büchern recht viele waren, sie hatten gefährliche Namen, und manche sahen so aus wie die Pilze, die wir gegessen hatten, aber wir lebten noch immer, und nach dem dritten Buch wußte ich noch längst nicht sehr viel über Pilze, aber ich fing damit an.

Nach den Pilzen waren es Kräuter, danach Wildpflanzen.

Nach den Kräutern und Wildpflanzen waren es Pflanzenkundebücher ganz allgemein, und während ich die Pflanzenbücher anschleppte, holte sich Hans andere Bücher, in denen stand, wie man aus nichts etwas machen konnte; Betten, die von der Decke hängen, Tische aus Industrieabfällen und lauter verrückte Sachen. Abends lagen wir auf den eingenähten Matratzenteilen, und immer wenn etwas besonders Verrücktes kam, sagte der eine, hör dir mal das an, und las es vor. Wußtest du, daß man Gänseblümchen essen kann, sagte ich, und Hans sagte, wenn's sein muß, vielleicht, und las weiter, wie die Japaner Stühle bauen, ohne eine einzige Schraube dafür zu brauchen, und wir lasen und lasen und lasen, und zwischendurch probierten wir alles aus, weil Hans, sobald irgendwo ein Sperrmüll war, etwas fand, mit dem er etwas anfangen konnte, und ich konnte nicht mehr an Brennnesseln oder Holunder vorbeigehen, ohne daß mir einfiel, was man daraus machen könnte, und hinterher war meine Wohnung zwar nicht gerade größer geworden, aber sie sah ganz anders aus, weil man alles hoch- und runterklappen konnte, und der Tisch hing unter der Decke, weil man einen Tisch nicht andauernd braucht, und die Wohnung war zu klein für Möbel, die man nur manchmal brauchte. Wir hatten Klapp-, Falt- und Hebemöbel, aber noch immer kein Kabelfernsehen, daher waren wir hoffnungslos aus der Welt, aber weil wir kein Kabelfernsehen hatten, merkten wir nicht, daß wir hoffnungslos aus der Welt waren, sonst wäre uns wahrscheinlich aufgefallen, daß es in der Welt allmählich nicht mehr um Glücksansprüche ging oder sonstige Dinge, die im Kapitalismus womöglich nicht zu erfüllen wären, nicht einmal um Glück ging es mehr, sondern, ganz ohne Glück, um Geld, und weil wir mit Klapp-, Falt- und Hebemöbeln, mit Pilzen, mit Nähen und Kochen beschäftigt waren, fiel uns nicht auf, daß inzwischen alle von Geld zu sprechen begonnen hatten, jedenfalls alle, die verkabelt waren.

Das Kabelfernsehen benahm sich ähnlich wie Herr Allgeier, aber zugleich auch pfiffiger, weil alles raffinierter wird mit der Zeit. Auf den künstlichen Rost auf dem Schrottauto und die falschen Flammen, die über dem Lack nur schwebten, waren die Messegäste haufenweise hereingefallen, aber sie waren ehrlich hereingefallen und hatten es vermutlich erst herausgefunden, als sie versuchten, ihr Auto mit der Autopolitur zu polieren. So dumm waren die Leute nicht, die jetzt aufs Kabelfernsehen reinfielen, sondern sie redeten andauernd darüber, daß sie ja wüßten, was für ein Zirkus das Fernsehen sei, und trotzdem fielen sie darauf rein und amüsierten sich herrlich darüber, weil es ein Vergnügen wurde, auf das Kabelfernsehen reinzufallen, aber das lernten wir erst, nachdem Mischa geboren wurde und wir wieder in die Welt hinein und uns schließlich sogar verkabeln lassen mußten, obwohl wir uns geschworen hatten, daß wir es niemals tun würden, aber wir hatten es nur uns beiden geschworen und nicht daran gedacht, daß der Schwur dann auch nur für uns beide Gültigkeit hätte, und danach mußten wir neu nachdenken für uns drei, und eines Tages also waren wir verkabelt.

Ich hatte meine Prüfung mit Zwei plus hinter mir und wußte nicht, was ich damit anfangen sollte. Auf dem Arbeitsamt sagte mir eine mißmutige Sachbearbeiterin, daß sie auf uns gerade gewartet hätten, und ich sagte, das haben sie an der Uni auch schon gesagt. Na mal sehen, sagte die Sachbearbeiterin, und sah sich meine Papiere an. Immer das gleiche, sagte sie schließlich, und ich wartete auf Immerdasgleiche, bis sie sagte, hoffnungslos überqualifiziert. Sie hören von uns, sagte sie zuletzt, und ich ging hoffnungslos überqualifiziert davon und hatte keine große Lust, von der Frau wieder zu hören.

Lu hatte auch ihre Prüfung gemacht und war danach keine Lehrerin geworden, weil sie gerade keine Lehrerinnen brauchten, und Siggi machte etwas später auch seine Prüfung und wurde tatsächlich Rechtsanwalt, und er blieb es, bis er aufhörte, an die Gerechtigkeit zu glauben. Danach ging er in die Politik und wurde ein regionaler Beamter im Datenschutz, weil er zwar nicht mehr an die Gerechtigkeit glaubte, aber immerhin noch daran, daß man seine Ruhe haben sollte, wenn man die Wohnungstür hinter sich schließt. Mona machte ihre Prüfung erst viel später, weil sie endlos lange an der Uni und in diversen Kliniken warten mußte, bis sie zur Prüfung zugelassen wurde, und schließlich war sie Ärztin und hatte kein Geld, um eine Arztpraxis gründen zu können, weil eine Arztpraxis sehr viel kostet. Sie blieb in einer Klinik und hörte nicht auf, an die Frauenunterdrückung zu glauben, weil es in der Klinik Chefärzte gab, die hauptberuflich die Ärztinnen quälten, die kein Geld hatten, eine eigene Praxis zu gründen, und folglich in den Kliniken hängenblieben, um sich von Chefärzten quälen zu lassen und nach achtundvierzig Stunden Dienst in der Klinik nicht mehr zu wissen, ob es noch in Ordnung ist, jetzt mit dem Auto völlig verheult nach Hause zu fahren.

Jakobs Schwermetallgruppe hatte sich aufgelöst, und der Agent war in die Immobilienbranche gegangen, weil musikalisch doch nicht so viel zu holen gewesen war, und Jakob sagte, Kohle, Kohle, Kohle, um was anderes ging es dem nie. Danach machte er einen Führerschein, mit dem er Taxis fahren konnte, und später kannte er mehrere, die früher an der Uni gewesen waren und die inzwischen Taxi fuhren, und sie gründeten einen Getränketransport. Einmal traf ich ihn, als ich Mischa im Kinderwagen zum Spielplatz fuhr, und er sagte, was ist bloß aus uns geworden. Er sagte es, als wäre er ein alter Mann, dabei war er eben mal gerade knapp dreißig. Ich sagte, was soll aus uns geworden sein. Er sagte, er hätte es sich einmal anders vorgestellt, und ich mußte an »Die Welt im Jahr 2000« denken und lachen, weil die Jungen sich alle als Astronauten im Weltraum herumfahren gesehen hatten, versorgt von Weltraumkraftkost aus der Tiefkühltruhe, und mitsamt den futuristischen Lichtreflexschranken kam mir das ziemlich altmodisch vor, es war jedenfalls nicht zum Träumen, aber es fiel Jakob schwer zu merken, daß die Welt im Jahr 2000 schon lange vorher durch die Lichtreflexschranken durchgerauscht war und auf uns gerade gewartet hatte. Ich erinnerte Jakob daran, daß er immerhin entschlossen gewesen war, gegen den Weltuntergang vorzugehen und das Loch im Himmel zuzunähen, das durch die vielen PS und die Sprühsahne unserer Väter entstanden war und das immer noch über uns klaffte, aber Jakob erinnerte mich daran, daß das Loch im Himmel nur eine von mehreren Arten Weltuntergang war, die wir demnächst zu befürchten hätten, eine andere Sorte hatten wir nämlich soeben gerade hinter uns, und alle seine Bemühungen wegen des Lochs im Himmel waren ohnehin nichtig gewesen, weil der Weltuntergang nicht von dem Loch, sondern in Form einer Wolke am Himmel aus dem Osten gekommen war, einer ziemlich großen Wolke, die sich blöderweise ausgerechnet an der Stelle abregnen mußte, an der Hans und ich manchmal Pilze gefunden hatten, und danach fanden wir zwar immer noch Pilze, aber wir glaubten nicht mehr daran, und die Atomkraft-Nein-Danke-Gruppen glaubten nicht mehr an Atomkraft-Nein-Danke, Natur und Weltfrieden, sondern verschwanden und wurden unsichtbar.

Die ganze Welt hatte immer befürchtet, daß der Weltuntergang aus dem Osten kommen würde, allerdings hatte ihn sich keiner als Wolke gedacht, sondern eher als russische Panzer, aber nachdem die Wolke teils abgeregnet und teils auch verpufft war, war es mit dem Osten vorbei, das Land mitsamt dem freiheitswidrigen Sozialismus, den sie da hatten, war bankrott, und es kam heraus, was das Kabelfernsehen längst wußte und die Leute also längst dachten. Der Osten war pleite, und also hatte der Sozialismus keinerlei Glücksansprüche erfüllt.

Immer wenn etwas Wichtiges in der Welt passiert, ist man meistens gerade beschäftigt, und als das passierte, hatten wir gerade mit Mischas Glücksansprüchen zu kämpfen und hätten nicht gewußt, ob sie kapitalistisch oder sozialistisch zu erfüllen wären oder auf beide Arten vielleicht nicht zu erfüllen gewesen wären, weil wir in der ersten Zeit damit zu tun hatten, diese Glücksansprüche zunächst einmal zu verstehen, und sehr viele Glücksansprüche hingen mit Windeln und Essen und Ausspucken und Liedersingen zusammen, und dann wurden wir verkabelt, und danach merkten wir, daß sie offenbar noch mit vielen anderen Dingen zusammenhingen, ohne die sie nicht erfüllt werden könnten, weil das Kabelfernsehen tatsächlich in den Filmen immer Werbung brachte und die Werbung so funktionierte wie die Zirkusnummer von Herrn Allgeier, nach der alle Zuschauer überzeugt waren, sie würden eine Autopolitur brauchen, die in Wirklichkeit keine war.

Matz war, nachdem er alle Filme auf Video hatte, an die Uni gegangen, weil er nicht wußte, was er sonst machen sollte, und weil er im Grunde durch die Fernseherei und die Videos sowieso schon Spezialist für Kabelfernsehen war, aber an der Uni nannten sie es wegen des tieferen Sinns und der eigenen Bedeutung nicht Kabelfernsehen, sondern Medien, und an der Uni machten sie eine Wissenschaft daraus, mit Aufsätzen und endlosen Listen, und es ging in erster Linie um Kabelfernsehen und Kommunikation, wobei ich nie verstand, was das eine mit dem anderen zu tun haben könnte, aber Matz sagte, das ist die Zukunft, und ich sagte nichts, weil Matz noch zu klein gewesen war, als die Zukunft begonnen hatte, und als sie wieder aufhörte, sah er sich gerade Videos an, also hatte er das nicht mitbekommen, genausowenig wie vorher die Sache mit der Freiheit, an die mein Vater geglaubt hatte, als er aus dem Osten weg in das kleine Zimmer und später in die Firma und die Firmensiedlung wollte.

Manchmal kam Matz uns besuchen, und ich fragte ihn nach der Kommunikation, weil ich, seit Mischa auf der Welt war, eigentlich immer weniger damit zu tun hatte. Mischa machte Töne, und ich machte auch Töne, und außer Hans redete niemand mit mir, aber Hans war oft im Theater, und wenn er weg war und Mischa schlief, hätte ich gern etwas kommuniziert. Matz sagte, es ist Geben und Nehmen und Wiedergeben und Wiedernehmen. So weit, so gut, sagte ich, weil es ungefähr das war, was Hans und ich machen, wenn wir zusammen gehen, und das tun wir, so oft es geht, aber Matz war an der Uni, und da hat alles einen tieferen Sinn, sie nannten es also nicht einfach nur Geben und Nehmen und so weiter, sondern auch noch symbolisch, und weil es Medienwissenschaft war, hatte es mit dem Fernsehen zu tun. Ich sagte, nach meinem Gefühl kann es nicht damit zu tun haben, weil Lu, wenn ich anrief, sehr oft sagte, entschuldige, wir sehen uns gerade diese dämliche Vorabendsendung an, und ich sagte, dann bis später, und wenn ich dann den Fernseher anstellte, um zu sehen, was sie sich ansahen, fand ich es nie heraus, weil es überall Vorabendsendungen gab und auf manchen Kanälen Werbung für Eiscremes, die ich lieber nicht kaufen mochte, obwohl wir inzwischen einen Kühlschrank mit Gefrierfach hatten, oder wahlweise Haar- oder Wäscheweichspüler in kleinen und großen Flaschen, und von den anderen Sachen, für die es Werbung gab, konnte ich mir leicht vorstellen, daß ich sie auch lieber nicht essen oder mir irgendwo hinschmieren mochte, bloß hatte ich dort nicht gearbeitet, wo sie das herstellten, und wußte einfach nicht ganz genau, wo der Trick lag, aber auf alle Fälle hätte ich lieber kommuniziert, als mir das anzuschauen und vorzustellen, wie es hergestellt wird. Matz erklärte mir also, wie Fernsehen und Kommunikation zusammenhängen, und als ich das nächste Mal den Fernseher anmachte, war es also ein Geben und Nehmen und Wiedergeben: Sie gaben mir eine Sendung, ich nahm die Sendung und sie sagten, ich könnte bei ihnen anrufen und ihnen eine Frage oder Antwort oder Meinung geben, aber ich hatte keine Frage, keine Antwort, und meine Meinung ging sie nichts an. Ich schaltete aus, und wegen Matz wußte ich natürlich, daß ich trotzdem kommuniziert hatte, weil ich ihnen einen Knopfdruck für »An« und einen zweiten Knopfdruck für »Aus« gegeben hatte, und weil ich sehr schnell ausgestellt hatte, würden sie sich beim Sender, wenn sie ordentlich mit mir kommunizierten, nun also ernsthaft Gedanken machen und ihre Sendung ändern müssen, damit ich das nächste Mal nicht so schnell auf »Aus« drücken würde. Ich rief Matz an, um mich bei ihm über die Kommunikation zu beklagen, weil ich das Gefühl hatte, daß es ziemlich schiefging, wenn man es so betrachtet, wie er es mir erklärt hatte, aber seit er an der Uni war, hatte er einen Spruch auf dem Telefon, der halb auf englisch und halb auf deutsch war und der lustig sein sollte, aber ich mußte niemals darüber lachen.

Als er das nächste Mal kam, sagte ich, es ist ein ziemlich dämliches Spiel, eure Kommunikation, aber er sagte, nimm doch zum Beispiel die Werbung. Lieber nicht, sagte ich, und auf die Art bekam Matz heraus, daß Hans und ich Verweigerer wären, weil wir nicht mit dem Fernseher kommunizieren und die kleinen Flaschen mit der Haarspülung kaufen wollten, der viel teurer war als der Wäscheweichspüler, den wir immer nahmen und mit dem wir niemals unsere Wäsche weichspülten, weil Wäscheweichspüler genau zu den Dingen gehören, die man einfach nicht braucht, selbst wenn man seit Mischas Geburt eine Waschmaschine hat, die Hans manchmal aufmacht und repariert, damit sie wieder schleudert.

Matz guckte mich mitleidig an und sagte, irgendwie seid ihr immer noch selbstgestrickt.

Als ich an der Uni gewesen war, hatten viele in der Uni gestrickt, und ich hatte es nicht leiden können, obwohl es eigentlich klar war, daß man nicht weiß, was man machen soll, wenn man den Trick mit den Listen kennt und also nicht zuhören muß, was da vorne erzählt wird, aber ich fand es unhöflich zu stricken, während da vorne einer etwas erzählt. Später mochte ich es nicht, daß auf allen Sachen, die ich für Mischa kaufen wollte, Schweinchen oder Entchen oder Kätzchen aufgedruckt waren oder über die Brust etwas auf englisch geschrieben stand, wo Mischa überhaupt noch nicht sprechen konnte und ich, nach seinen Tönen zu schließen, nicht glaubte, daß er allen, die das lasen, wirklich hätte sagen wollen, daß er ein kleiner Honig sei, oder was sie sonst auf die Pullover schrieben, und also strickte ich seine Pullover lieber selbst, ganz ohne Tiere und Sprüche, und konnte die Farben nehmen, die ich wollte, weil er hübscher aussah, wenn er Pullover in Ocker oder Türkis anhatte, als wenn es immer pastellfarben war, weil die Hersteller von Pullovern für kleine Kinder beschlossen hatten, daß es Pastell sein muß.

Ich sagte also, daß ich die Entchen und Schweinchen auf den Kindersachen nicht so besonders leiden mochte, jedenfalls nicht für mein eigenes Kind, und dann tat es mir leid, weil mir in dem Moment auffiel, daß Matz auf seinem Hemd auch ein Tierchen hatte, das zwar nicht in der Mitte saß, sondern weiter links oben unter dem Kragen, aber ein Tierchen war es trotzdem, und das Hemd hätte mir ohne das Tierchen besser gefallen. Matz sah, wie ich das Tierchen auf seinem Hemd ansah und es mir leid tat, daß ich das mit den Entchen und Schweinchen gesagt hatte, aber weil er an der Uni war, hatte auch sein Tierchen einen tieferen Sinn, und er sagte, daß er mittels seines Tierchens symbolisch kommunizieren würde. So, sagte ich, und auf die Art erfuhr ich, daß alle Leute, die dieses Tierchen an sich tragen, miteinander eine Gemeinschaft sind und sich an den Tierchen erkennen. Ich sagte, und dann haben sie sich erkannt, und Matz sagte, klar doch. Ich sagte, und was dann, und Matz sagte, dann weiß man, daß der andere ein cooler Typ ist und eine Menge Kohle hat. Ich sagte, daß mich das Tierchen an die Sache mit den PS in der Firmensiedlung erinnerte, weil tatsächlich jeder Vater versucht hatte, genau so viele PS zu haben wie die anderen, aber am liebsten noch ein paar mehr, und weil damals zwischen uns und der Zukunft etliche Autonamen und Weltkugeln und Sterne und sonstwelche

Blechteile gelegen hatten, von denen ich damals noch nicht begriffen hatte, daß sie symbolisch kommunizierten. Ich sagte, kannst du dich erinnern, wie unserem Vater der Stern vom Mercedes geklaut worden ist, und Matz sagte, genau so ist das mit diesen Hemden.

Nachdem wir ohne den Stern von der Beerdigung heimgefahren waren, hatte mein Vater gesagt, ohne den Stern fühle ich mich, als wäre ich nackt, und dann war er in die Werkstatt gefahren und hatte sich einen Stern gekauft und auf den Wagen montieren lassen, und hinterher hatte er sich beklagt, aber zugleich war er stolz gewesen, daß der Stern so teuer war, weil er es sich nicht leisten konnte, einen sternlosen Wagen zu fahren, und inzwischen, sagte Matz, kannst du praktisch nichts mehr an dir haben, ohne symbolisch zu kommunizieren, du kannst nicht einmal etwas essen, ohne daß du dabei symbolisch kommunizierst, und selbst wenn du denkst, daß du es könntest, kannst du es trotzdem nicht, weil jeder an Mischa sofort sieht, daß ihr hoffnungslos selbstgestrickt seid, und später läßt keiner sein Kind mit ihm spielen. Ich erschrak und sagte, wieso eigentlich, weil ich Mischa in seinem türkisfarbenen Pulli sehr hübsch fand, aber darum ging es nicht, sondern es ging darum, daß ich daran schuld wäre, wenn Mischa wegen des Pullis später keine Freunde hätte, weil auf Pullis, die seine künftigen Freunde sichern könnten, Entchen und Schweinchen zu sehen sein müssen. Das kann nicht dein Ernst sein, sagte ich, aber mir fiel das

Weihnachtsfest ein, bei dem wechselweise meine Mutter und die Mutter von Hans so getan hatten, als wäre ihr Kind an den Teufel geraten, bloß weil ich an der Uni war und Hans nicht an der Uni war, und mir fiel Maria B. ein, der es egal war, wie arm Peter war, bloß daß wiederum ihm nicht egal war, daß Maria mindestens Bourgeoisie war, und ich sagte, das kennen wir eigentlich schon, aber Matz sagte, nimm mal an, du gehst in einen Laden. Ich sagte, nur ungern, aber Matz war von der symbolischen Kommunikation so begeistert, daß er mir genau erklärte, an welchen Tierchen oder Streifen oder Nieten oder Knöpfen oder Blümchen oder Abzeichen die Verkäuferin sofort erkennen könnte, mit wem sie es zu tun hat, und schon weiß sie, was man möchte. Mir wurde ungemütlich, weil ich selbst meine eigenen Sachen nach Herzenslust nähte, wie ich sie schön fand, und zuletzt bedenkenlos auch noch mit Streifen oder Knöpfen verzierte, von denen ich nicht die geringste Ahnung hatte, daß jede Verkäuferin daran erkennen könnte, wer ich bin und was ich kaufen möchte, aber Matz machte es ein riesiges Vergnügen, meinen Schreck noch zu verstärken. Er sagte, und jetzt stell dir vor, du sitzt mit Leuten im Restaurant. Ich sagte, lange nicht vorgekommen, weil es nicht einfach ist, mit Mischa ins Restaurant zu gehen, aber er sagte, stell es dir einfach trotzdem vor. Du bist also mit Freunden im Restaurant, und ihr kriegt die Karte. Ich sagte, das kenne ich schon. Nimm niemals das teuerste Essen. Nichts kennst du, sagte

Matz, der sehr stolz auf seine symbolischen Kenntnisse war, und das stimmte, denn ich wußte zwar, daß man nicht das teuerste Gericht auf der Karte auswählen soll, wenn man zum Essen eingeladen wird, aber ich wußte nicht, daß man symbolisch kommuniziert, wenn man ein Bier bestellt, aber Matz sagte, Pinot Grigio. Ich sagte, was heißt Pinot Grigio, und er sagte, daß man statt Bier besser Pinot Grigio bestellen sollte, weil man mit einer Bierbestellung unvorteilhaft kommuniziert, während ein Pinot Grigio gerade die richtige Aussage macht. Ich merkte, daß wir eine ganze Zeitlang nicht im Restaurant gewesen waren, und wurde neugierig darauf, was man sonst noch bestellen durfte oder nicht mehr bestellen durfte, um keine falsche Aussage zu machen, und so fand ich heraus, daß man sich praktisch gesellschaftlich erledigt, wenn man Schnecken bestellt. Pfifferlinge gab es seit der Wolke aus dem Osten ohnedies nicht mehr, sondern statt dessen Pasta mit Rucola und Pinienkernen. Ich sagte, ich liebe Schnecken, und was ist Rucola, aber Matz sagte, darum geht es doch nicht, du Dummchen. Was ist Rucola, sagte ich, und Matz sagte, weiß auch nicht, und als ich später einmal in einem Restaurant war, bestellte ich Pasta mit Rucola und Pinienkernen, und es war tatsächlich nichts anderes als Rauke, aber das war später. Zu Matz sagte ich vorsichtig, vielleicht möchte ich lieber Schnecken essen und nicht so sehr symbolisch kommunizieren, eher vielleicht ganz normal. Matz sagte, und worüber, wenn du dich nicht auf dem laufenden hältst. So ist es ja wieder auch nicht, sagte ich, aber ich hatte längst das Gefühl, mich wegen Mischas Pullover bei Matz entschuldigen zu müssen. Ich zeigte auf die Bücher, in denen ich alles nachlas, was mit Kräutern und Pflanzen zu tun hatte, und auf die vielen Blumentöpfe mit Sauerampfer, Rauke, Schnittlauch und anderen Pflanzen darin, und ich zeigte auf unseren Tisch, der an der Decke hing, den man zum Essen herunterlassen und aufklappen konnte und der keine einzige Schraube an sich hatte, sondern lauter japanische Steckdübel an allen Ecken, und Hans hatte sich sehr auf dem laufenden gehalten, um die Steckdübel zu verstehen, und in einem anderen Buch hatte er sich auf dem laufenden gehalten wegen der Waschmaschine, die nicht schleuderte, und danach schleuderte sie wieder, und über all diese Dinge sprachen wir, wenn wir zusammen gingen, und ich hätte gern mit anderen Leuten auch gesprochen, aber Matz wußte nicht, was Rucola ist, und ich verstand nicht, warum ich keine Schnecken mehr essen sollte.

Aber ich fing an, darauf zu achten, wie das Kabelfernsehen mit den Tierchen und Streifen und Abzeichen auf Hemden und anderen Sachen zusammenhing, und als ich es kapiert hatte, war es einer von diesen Tricks, die ich schon kannte, seit ich in der Weichspülfabrik gearbeitet hatte, weil es völlig klar war, daß ein Hemd mit Tierchen ganz einfach ein Hemd ohne Tierchen war, es war aus dem selben Stoff mit genau denselben Nähten und Taschen wie ein Hemd ohne Tierchen, bloß daß zuletzt ein Tierchen draufgenäht wurde. Das Tierchen kostete ungefähr fünfzig Mark. Also hatte Matz recht gehabt, als er sagte, jeder sieht, daß der mit den Tierchen Kohle hat, und wahrscheinlich war es cool, für ein Tierchen am Hemd fünfzig Mark zu bezahlen, jedenfalls war es cooler, als ich sein wollte und jemals sein könnte.

An der Uni hatte ich wegen der Listen einmal einen Aufsatz gesucht, in dem stand, daß man den Leuten Luft verkaufen könnte und daß die Leute die Luft gern kaufen würden, wenn sie nur schön verpackt wäre. Der Autor war nicht dafür gewesen, den Leuten Luft zu verkaufen, er hatte nur gesagt, daß es so wäre und daß es mit dem System zusammenhinge, und ich hatte gedacht, daß er spinnt, aber dann war mir der Mercedes-Stern eingefallen, den mein Vater gekauft hatte, als sein eigener Mercedes-Stern geklaut worden war, und ein Mercedes-Stern war eigentlich ziemlich unnütz, während Luft immerhin etwas ist, was man sehr gut brauchen kann, und zuerst hatte ich gedacht, der Mann, der den Aufsatz mit dem Luft-Verkaufen geschrieben hatte, hätte gehörig übertrieben, aber jetzt, wo es um die Tierchen ging, fiel mir der Stern wieder ein, und ich begriff, daß er sogar eher untertrieben hatte, weil Luft und die Luftverpackung immerhin etwas sind, woraus man noch etwas machen kann, aber aus den Streifen und Knöpfen und Sternen und Nieten kann ich gar nichts mehr machen, außer symbolisch kommunizieren, und ich mag es lieber, richtig zu sprechen.

Wenn Hans nach dem Theater nach Hause kam, erzählte er mir, was er dort gemacht hatte und wie die Stücke waren, für die er es gemacht hatte. Die Stücke selbst wurden für Herrn Gleim gemacht. Manchmal hatte Herr Gleim keine Lust, sich ein Stück anzusehen, aber meistens kam er zur Premiere und ging nach dem ersten Akt. Einmal schlief er ein und blieb aus Versehen länger, weil das Stück zu leise war, aber beim nächsten Stück waren sie gegen Ende des ersten Akts wieder ordentlich laut, Herr Gleim wachte auf und konnte rechtzeitig gehen, und alles war bestens, weil Herr Gleim bei der Zeitung war und am nächsten Tag schrieb, es sei furios gewesen. Einmal zeigte Hans mir Herrn Gleim, als wir im Park spazierengingen. Er war etwa so alt wie mein Vater und etwas dick, aber nicht sehr dick. Er sah aus, als wäre alles mit ihm in Ordnung, solange man ihn nach dem ersten Akt gehen ließ, und es war auch alles in Ordnung mit dem Theater und Herrn Gleim, bis er eines Tages plötzlich eine Simone hatte. Hans erzählte mir, daß er diese Simone in die Theaterkantine mitgebracht hatte, und vorher hatte er eine Frau gehabt, die er nie in die Theaterkantine oder überhaupt ins Theater mitgebracht hatte, aber nachdem Simone einmal in der Kantine gewesen war, wurde es rasch prekär, weil Simone nicht nur in die Kantine mitgenommen werden wollte, sondern auch in die Premieren; und das Theater war bislang ganz gut damit klargekommen, wie ein Stück sein muß, damit Herr Gleim es mag, und wenn Herr Gleim es mochte, war es egal, ob sich nach der Premiere noch irgend jemand das Stück ansehen mochte, weil dann schon längst in der Zeitung gestanden hatte, daß es furios oder rührend gewesen war, und die Zuschüsse waren gesichert, aber mit Simone änderte sich das schlagartig, und das Theater geriet in Gefahr, weil Simone gerade von der Uni kam und sich alle Stücke von vorne bis hinten ansehen wollte. Herr Gleim traute sich nicht mehr einzuschlafen und wurde in seinem Urteil über die Stücke nach und nach unberechenbar, weil Simone ihm klarmachte, daß seine Zeit an der Uni schon vorbei gewesen war, bevor sie überhaupt auf die Welt gekommen war, und natürlich war ihm das peinlich, und als Hans mir das erzählte, sagte ich, wenn ihr Glück habt, kriegt sie demnächst ein Kind. Mändi war inzwischen vollständig damit beschäftigt, meinen Vater und Xenia zu versorgen; gewissermaßen waren sie alle drei in ihrem Haus verschollen, und nur wenn ich Geburtstag hatte, kamen Pakete mit automatischen Salz- und Pfefferstreuern, die mindestens einen halben Meter lang und aus Chrom waren und die mit Batterien betrieben wurden, einmal kam ein Apparat mit einer schweren Eisenplatte und einer Gebrauchsanweisung, in der sie einem auf 47 Seiten erklärten, wie man Eierkuchen backt, aber das konnte ich schon ohne Eisenplatte. Zuletzt kam ein sehr großes Paket von einer Transportfirma, und als wir es ausgepackt hatten, war es ein silberner Tisch mit einem Tütchen Schrauben zum Selberzusammenbauen, und am nächsten Tag kam eine Karte, auf der stand, etwas zum Schöner-Wohnen. Wir hatten schon einen Tisch, auch wenn er unter der Decke aufgehängt war und heruntergelassen werden konnte, also rief ich ein paar Leute an und fragte, ob sie einen Tisch zum Schöner-Wohnen brauchen könnten. Sie fragten nach der Verpackung und was da für ein Herstellername draufgestanden hätte, und dann sagten sie, daß sie schließlich die Uni-Zeit hinter sich hätten. Keiner wollte den Tisch, und zuletzt schaute Hans in der Zeitung nach, wo demnächst ein Sperrmüll wäre, und da brachten wir ihn dann hin und überlegten, was wohl das nächste Mal käme, aber danach kam nichts mehr, sondern im Jahr danach nur eine Karte aus Thailand, auf der stand, daß Xenia nun auf eine internationale Schule ginge und die Golfplätze herrlich wären.

Simone bekam dann aber kein Kind, Herr Gleim schrieb nach jeder Premiere in die Zeitung, daß die Stücke veraltet und angestaubt wären, alles in allem zu bieder, und das Theater bekam eine Menge Probleme mit den Zuschüssen, bis sie am Theater lernten, ihre Stücke so zu machen, wie Simone sie mochte, und danach waren sie fürs erste gerettet, obwohl danach noch weniger Leute sich ansehen mochten, was Simone gefiel, weil sie an der Uni gewesen war; die Leute blieben zu Hause und sahen sich an, was im Fernsehen lief.

Als es so weit war, daß Herr Gleim und Simone praktisch die einzigen waren, die noch ins Theater gingen, war Mischa zum Glück schon größer und ging zur Schule. Lu war immer noch nicht Lehrerin geworden, sondern zuerst als Bürokraft in einem Pelzgroßhandel angestellt, aber der Pelzgroßhandel war irgendwann pleite gegangen, weil alle, die früher in den Nein-Danke-Gruppen gewesen waren, nach der Sache mit der Wolke aus dem Osten plötzlich dumm dagestanden hatten, und da war ihnen eingefallen, daß sie eigentlich an den Weltfrieden glauben und ursprünglich wegen des Glaubens an den Weltfrieden für Nein-Danke gewesen waren, und dieser Weltfrieden wird natürlich gefährdet, wenn irgendwo auf der Welt Leute schießen. Es muß ja schließlich nicht gleich immer eine Atombombe sein. Danach machten fast alle Pelzläden pleite, die Kürschner gingen in die Fabriken, in denen die künstlichen Pelze hergestellt wurden, die es jetzt statt der echten gab, und schließlich wurden die Fabriken vollautomatisiert oder ins Ausland verlagert, wo das Personal billiger war, aber Lu ging gar nicht erst in die Fabrik, sondern stand vorher schon auf der Straße und sagte, ich glaube nicht, daß das noch mal wird. Ich sagte, warum eigentlich nicht. Mir kommt vor, als könnten sie ein paar Lehrer gebrauchen. Ich sagte, in den Schulen toben die Horden über die Bänke, weil es das war, was Mischa erzählte, wenn er um kurz vor elf nach Hause kam, und so blaß, wie er war, wenn er ankam, hatte ich das Gefühl, es waren große Horden, und ein paar aus den Horden waren einigermaßen bewaffnet. Mischa sagte, sie ziehen ihr Messer, und es ist sooo lang, und dann sagen sie, du mußt ihnen alles Taschengeld geben, das du hast, und dann bringen sie dich nach Hause und beschützen dich, damit dich die anderen nicht überfallen.

Aber Lu wurde weder in dieser noch in sonst einer Schule gebraucht, weil sie auf uns gerade gewartet hatten, und schließlich machte sie einen Computerkurs für Frauen und fand Arbeit bei einem Mann, der Leuten dabei half, daß ihr Geld sich vermehrte. Sie saß in einem riesigen Eingangsraum hinter einem Computer, und wer zu dem Mann mit der Geldvermehrung wollte, mußte an ihr vorbei, aber weil Lu sich seit der Frauenunterdrückung die Haare rot färbte, kamen manche nicht gut an ihr vorbei, und schließlich blieb einer ganz und gar an ihr kleben, und das war dann das Ende der Frauenunterdrückung. Mona hatte sich längst eine Wohnung in der Nähe der Klinik genommen, weil sie es haßte, nach achtundvierzig Stunden Dienst heulend noch mit dem Auto zu fahren, und in der Frauen-WG wohnten inzwischen nur noch Lu und gelegentlich eine andere Frau, die manchmal in der Stadt zu tun hatte und ein paar Tage lang ein Zimmer brauchte, aber nachdem also Andreas von Irgendwas an Lu klebengeblieben war, war die Wohnung eigentlich immer schon ziemlich teuer gewesen. Lu gab sie auf und kümmerte sich fortan um die Geldvermehrung und die Urlaubsreisen in Länder, in denen das Personal billig war.

Das Kabelfernsehen war so erfolgreich gewesen, daß alle inzwischen symbolisch kommunizierten und die ganze Welt voller Abzeichen, Streifen und sonstigem Schnickschnack war. Sogar die Schokoladenriegel, an die ich früher geglaubt hatte, waren längst keine Schokoladenriegel mehr, sondern wenn ich Mischa einen Schokoladenriegel mitbrachte, war es sehr oft der falsche, weil ein falsches Tierchen drauf war, und ich fing an, die Schokoladenriegel auszuwickeln, bevor ich sie ihm gab, um zu sehen, ob er vielleicht noch an Schokoladenriegel glauben könnte oder schon nur noch an Tierchen. Manchmal klappte es, und manchmal klappte es nicht, weil Mischa in der Welt im Jahr 2000 und im Fernsehen so geübt war, daß er das Tierchen an dem ekligen weißen Schaum erkennen konnte, mit dem die Riegel gefüllt waren. Er plapperte nach, was die Werbung sagte, und bestand darauf, daß es Milch sei; ich sagte, Milch ist das flüssige Zeug in der Kühlschranktür, aber Mischa wollte lieber den ekligen weißen Schaum, der zu dem teuren Tierchen auf der Verpackung gehört, auch wenn der Schaum keine Milch war, und danach wollte er Pullover und Hosen und Schuhe und alles andere auch nur mit wechselnden Bildern und Sprüchen und Namen, Häkchen und Strichen, es war ein ganzes System, ein unübersichtliches System, das ich lieber nicht auswendig können mochte; ich hätte lieber richtig gesprochen, aber Richtig-Sprechen war sentimental, und wenn ein Film im Fernsehen kam, in dem sie so taten, als würden sie richtig sprechen, tat Mischa, als hätten sie alle die Pest und wir auch.

Nachdem der Osten pleite gegangen war, gab es gar keinen Grund mehr, an den Weltfrieden zu glauben, und seit alle nur noch symbolisch kommunizierten, anstatt miteinander zu sprechen, machte es keinen Sinn mehr, zusammen zu gehen oder Gruppen zu bilden. An die heile Familie glaubte schon lange kein Mensch mehr, vom lieben Gott ganz zu schweigen, also fingen die Leute an, ziemlich vereinzelt durch die Welt zu gehen und mit dem Kabelfernsehen zu kommunizieren, und manchmal waren Wahlen, aber es war ziemlich egal, was dabei herauskam, weil vorher Statistik im Spiel und im Fernsehen war, und bei Statistiken geht es immer faul zu; jeder, der gewählt werden will, schaut sich an, wo die meisten Punkte in der Statistik liegen, und natürlich liegen sie in der Mitte, weil das ein Gesetz der Statistik ist, und also war es egal, was herauskam, und die Leute gingen nicht mehr hin, weil sie aufhörten, an die Demokratie zu glauben, aber vielleicht hatten sie auch niemals daran geglaubt und bloß das Kabelfernsehen mit den Statistiken gebraucht, um zu merken, daß sie nicht daran glaubten, jedenfalls war es eine ziemliche Glaubenskrise, weil natürlich die Glücksansprüche nicht erfüllt werden, wenn man sich teure Tierchen kauft und darauf hoffen muß, daß der andere an dem Tierchen schon sehen wird, daß man ein cooler Typ ist, der Kohle hat, und je unübersichtlicher das System wird, um so mehr muß man sich ans Fernsehen hängen, um auf dem laufenden zu sein, und dann hat man vielleicht Pech und sitzt im Restaurant, bestellt Pasta mit Rucola und Pinienkernen und italienisches Mineralwasser, und der andere merkt es nicht mal, weil er gerade ein halbes Jahr im Ausland gewesen ist und nicht weiß, daß man ihm durch die Nudel sagt, wer man ist, und dann ist man völlig umsonst mit ihm ausgegangen.

Matz war gerade so lange an der Uni, daß er knapp die Kurve kriegte, weil sie ihm zuletzt noch klarmachten, daß der Gipfel an symbolischer Kommunikation nicht das Fernsehen und die Abzeichen sind, sondern das Geld an sich.

Matz hatte seit der Plastikkarte, mit der unser Vater ihn durch die Schule gelockt hatte, bis er sie ihm für Amerika leihweise gab, eine ziemliche Schwäche für Geld, und seine Zeit brach an, als alle anderen ebenfalls eine Schwäche für Geld kriegten, weil Geld das einzige war, was einen Ausweg aus der Glaubenskrise versprach, nachdem die Sache mit den Tierchen labyrinthisch und etwas ermüdend geworden war und die Leute nicht mehr ganz und gar erfüllte, weil jedes Tierchen nur eine ziemlich kurze Haltbarkeit hatte, und danach konnte es rasch zum

Verhängnis werden, weil es symbolisch kommunizierte, daß man ein Hemd vom letzten Jahr trug und offenbar inzwischen nicht mehr cool genug war, sich für viel Kohle ein neues zu kaufen, und also war es am besten, man kommunizierte nicht mehr mit Tierchen, sondern gleich mit Geld.

Als Matz mir davon erzählte, hatte ich es von Lu schon gehört und im Fernsehen schon gesehen. Matz sagte, es ist ganz einfach. Du gehst zur Bank und sagst, du willst einen Kredit. Ich sagte, ich denke gar nicht daran.

Nachdem das Theater geschlossen worden war, weil sie wegen Simones Geschmack keine Zuschüsse mehr bekamen, hatte Hans Arbeit bei einer Firma, die anderen Leuten ihre Häuser einrichtete, weil die Leute sich ihre Wohnungen nicht mehr selbst einrichten konnten und jemanden brauchten, der alles kann, und manchmal nähte ich Bezüge und Vorhänge, aber nachdem Mischa größer war, machte ich auch andere Sachen, weil sich herumgesprochen hatte, daß ich den Rest konnte, und nach und nach fragten mich Leute, ob ich ihren Kindern nicht so eine Puppe machen könnte wie Mischas Fritzi, also machte ich ein paar Puppen, nur daß sie nicht so lustige Haare hatten wie Fritzi, weil es inzwischen keine Fellreste mehr gab und Kunstpelze aussehen wie Perücken, also machte ich ihnen die Haare aus Wolle und setzte ihnen kleine Hüte auf, aber sie waren trotzdem Puppen, und es ist etwas anderes, ob es eine Puppe ist oder symbolisch kommuniziert, manchmal machte ich Katzen oder Schafe, manchmal machte ich Essen für Kindergeburtstage, weil die Leute anfingen, von der Weltraumkost im Jahr 2000 die Nase voll zu haben, und eines Tages kam eine Frau und sagte, das Hütchen auf der Fritzi von ihrer Tochter würde ihr gut gefallen, und ich mußte lachen, weil ich an meine Großmutter dachte. Ich sagte, das ist kein Problem, und danach machte ich meinen ersten Hut, und das Hutmachen gefiel mir so gut, daß ich mir selbst auch einen Hut machte, und danach machte ich immer mal wieder Hüte, und dann dachte ich mir wieder Essen aus, und wenn Hans von der Inneneinrichtung kam, hatte er sich was ausgedacht, und ich hatte mir was ausgedacht, und manchmal machten wir etwas zusammen, und wenn wir nichts zusammen machten, gingen wir zusammen in den Wald, obwohl Mischa nicht so gern in den Wald wollte, weil er dann etwas verpaßte, woran am nächsten Tag die anderen in der Klasse sahen, daß er es nicht gesehen hatte.

Matz sagte also, du gehst zur Bank und sagst, du willst einen Kredit, und dann nimmst du das Geld und kaufst dir anderes Geld. Ich sagte noch einmal, ich denke gar nicht daran, aber er sagte, ihr braucht vielleicht keinen Kredit, ihr verdient doch ein bißchen Geld. Ich sagte, zum Glück, wovon sollten wir sonst leben, aber Matz fand es selbstgestrickt, daß wir das Geld zum Leben wollten, er sagte, das ist völliger Unsinn, und es kam heraus, daß er sich vor kurzem von seinem Kredit mehrere hundert

Mark gekauft hatte. Na prima, sagte ich, und er sagte mit einem Triumph in der Stimme, inzwischen sind es schon über tausend. Ich sagte, Lu hat bei einem Geldvermehrer gearbeitet, weil ich solche Geschichten von Lu schon kannte, nur daß der Geldvermehrer lauter Andreas-von-Kunden hatte und keinesfalls einen Matz mit Kredit, aber Matz sagte, daß inzwischen nicht nur alle verkabelt seien, sondern überhaupt international vernetzt, jeder mit jedem und vor allem bis in die Staaten. Er sagte nicht Amerika, sondern die Staaten, um mir zu zeigen, wie vernetzt er war, und ich dachte an Zaire und Argentinien und daran, was in dem Buch gestanden hatte, das Helmi uns in die Schule mitgebracht hatte und das danach im Fernsehen kam, weil es nicht genug zu essen geben würde und wir alle im Dunklen sitzen müßten, wenn alles so weiterginge, und es war trotzdem alles so weitergegangen. Ich dachte an eine Geschichte, in der sich Brote wunderbar vermehrt hatten, aber offenbar war das sentimental, weil Brote schließlich kein Geld waren, und jetzt sollte sich Geld wunderbar vermehren, und Matz hatte dafür einen Kredit bekommen und verfolgte jeden Tag im Fernsehen, wie sich sein Geld vermehrte, und nicht nur er verfolgte die Geldvermehrung, sondern sie war ein Volkssport geworden, seit keiner mehr etwas glaubte und niemand mehr zu den Wahlen ging, und ich machte immer mehr Hüte und kochte verrückte Menüs für Leute, die lieber ihr Geld fürs Leben wollen als ihr Leben für Geld, und Matz fand es geradezu lächerlich, er sagte, Arbeit für Geld, das ist geradezu rührend, wo wir weltweit vernetzt sind und keiner mehr arbeiten muß, um reich zu werden.

Tatsächlich hörte ich, wie einer im Fernsehen sagte, ich habe heute Papiere für sechzig Mark gekauft, die jetzt schon hundert Mark wert sind, und selbst meine Mutter kaufte sich solche Papiere, obwohl sie inzwischen alt war, aber auf ihrem siebzigsten Geburtstag hatte Matz ihr die Sache erklärt, und sie hatte sich erinnert, daß Zukunft und Geld zusammengehörten, als sie noch an die große Liebe und die heile Familie geglaubt hatte, und auf ihrem siebzigsten Geburtstag nun erinnerte Matz sie daran, daß sie früher immer gesagt hatte, kannst du dir nicht etwas Sinnvolles kaufen, wenn er sein Geld für Süßigkeiten verballert hatte. Was gibt es Sinnvolleres als Geld, sagte er.

Eine Zeitlang funktionierte die Geldvermehrung phantastisch. Alle merkten, daß ihr Geld von sich aus mehr wurde, ohne daß jemand etwas machte, also brauchte keiner mehr jemanden, der etwas machte, und die, die etwas gekonnt hatten, vergaßen, wie es ging, weil es nicht mehr gebraucht wurde, und als die Welt im Jahr 2000 ankam, war sie voller Astronauten und Weltraumkraftkost und Lichtreflexschranken und für die Mädchen vor allem nur bunt, und der Rest ging vollautomatisch.

Matz arbeitete in einem Büro, das brain factory hieß, aber es stellte kein Gehirn her, obwohl das technisch im

Grunde möglich gewesen wäre; es hieß nur brain factory, weil es cool war, sich Fabrik zu nennen, ohne eine Fabrik zu sein, und es funktionierte so ähnlich wie der Zaubertrick von Herrn Allgeier, nur daß überhaupt kein Politurersatz im Spiel war, sondern in dieser Fabrik nichts hergestellt wurde, aber komischerweise ging nicht diese Fabrik zuerst pleite, sondern Jakobs Getränkefirma, weil die Leute, für die Jakob Getränke ausgefahren hatte, nicht mehr gebraucht wurden und also ihre Getränke lieber selber holten, als sie sich bringen zu lassen und fürs Bringen zu bezahlen, und zu der Zeit fuhren die Leute, die früher Taxis genommen hatten, lieber mit dem Fahrrad oder mit der Straßenbahn, also wußte Jakob nicht, was er machen sollte. Kurz darauf kam heraus, daß die Leute, die nicht mehr gebraucht wurden, nicht genug Geld hatten, um sich davon Geld zu kaufen, also kauften sich immer weniger Leute Geld, das Geldkaufen fing an, ziemlich teuer zu werden, und Matz sagte eines Tages, daß das Geld, das er sich vor kurzem gekauft hatte, dummerweise nicht mehr, sondern weniger wert geworden sei, aber das sei nur für kurze Zeit, weil es zweifellos demnächst wieder teurer werden würde, und die Bank sagte, daß Matz den Kredit bezahlen sollte, die brain factory stellte nichts her, sondern verkaufte die Luft ganz ohne Verpackung, aber die Leute, die nicht mehr gebraucht wurden, hatten kein Geld, sich Luft zu kaufen; Lus Geldvermehrer verlor eine Menge Kunden, nachdem das Geld, das er verkaufte, nicht mehr, sondern weniger wert wurde, und Andreas-von verlor eine Menge Geld durch den Geldvermehrer; es ist die reinste Geldvernichtung im Gange, sagte Lu und wäre lieber Lehrerin geworden, als sich die Geldvernichtung bei Andreas-von ansehen zu müssen; ich sagte, Lu, ganz im Ernst, du hast doch nicht wirklich daran geglaubt.

Lu sagt, an irgendwas mußt du doch glauben.

Ich weiß nicht, sage ich.

Meine Großmutter, aber das sage ich nicht, hat an Pfifferlinge geglaubt. An Pfifferlinge und Hüte.